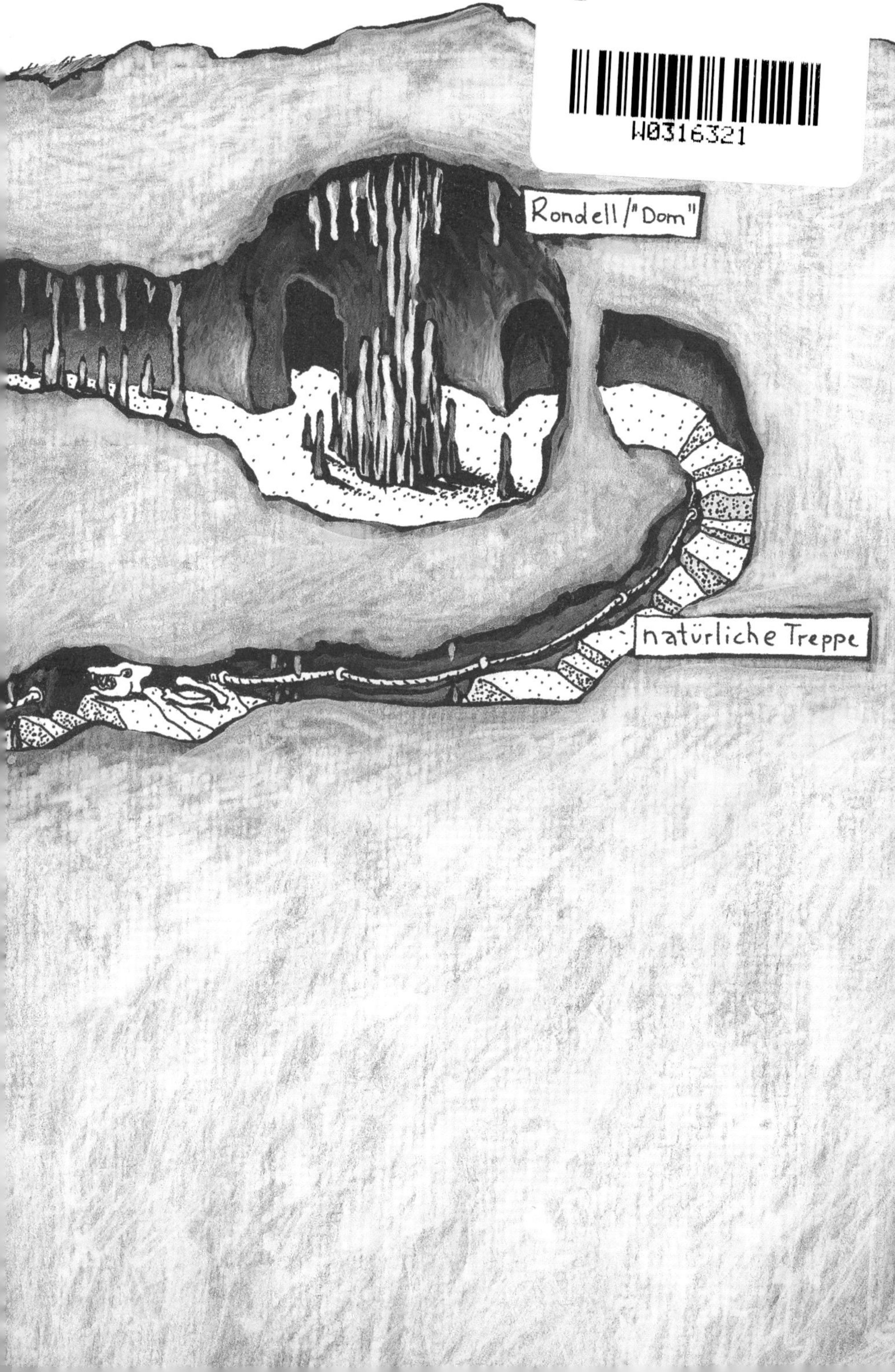
Rondell/"Dom"
natürliche Treppe

Marliese Arold

Time Travel – Der Wächter der Pyramide

Marliese Arold, geboren 1958 in Erlenbach, studierte Bibliothekswesen. Seit 1983 schreibt sie erfolgreich Kinder- und Jugendbücher, die bislang in zehn Sprachen übersetzt wurden.

Marliese Arold

TIME TRAVEL

Der Wächter der Pyramide

Mit Illustrationen von Karoline Kehr

Klopp · Hamburg

Einband und farbige Illustrationen von Karoline Kehr
Satz: Utesch GmbH, Hamburg
Reproduktion: Die Litho, Hamburg
Druck und Bindung: GGP Media, Pößneck
Printed in Germany 2002
ISBN 3-7817-0181-6

www.klopp.biz

Inhalt

Strich durch die Rechnung

... nach langer und reiflicher Überlegung haben wir uns dafür entschieden, die Leitung der Ausgrabungen in Ägypten Frau Dr. Amelie Sonntag zu übertragen.

Wir bedauern es sehr, Ihnen keinen erfreulicheren Bescheid geben zu können, und reichen Ihnen anbei Ihre Bewerbungsunterlagen zurück ...

Wie oft hatte er diese Zeilen schon gelesen! Und noch immer schmerzte es ihn genauso wie vor vier Wochen, als er diesen Brief aus dem Briefkasten geholt und mit zitternden Fingern geöffnet hatte.

Abgelehnt!

Mit einem Schlag waren all seine Pläne zunichte gemacht worden.

Immanuel Hoffmann hatte fest damit gerechnet, diesen wichtigen Forschungsauftrag zu bekommen. Viele Jahre seines Lebens hatte er sich mit der ägyptischen Kultur beschäftigt. Er fühlte sich im alten Ägypten fast mehr zu Hause als in der Gegenwart.

Aber man wollte ihn nicht.

Genug.

Er zerriss das Schreiben, drehte die Fensterscheibe herunter und warf die Papierschnipsel aus dem Auto. Sie tänzelten im Wind wie Schneeflocken.

Aus der Traum.

Immanuel warf einen Blick auf die Tankanzeige. Ein Viertel war noch drin – genug, um zu seinem Freund Magnus Ambrosius zu kommen.

Der Himmel vor ihm war mittlerweile schwarz bewölkt; es sah so aus, als würde er direkt mitten in ein Unwetter hineinfahren.

Egal.

Die ersten Regentropfen prasselten gegen die Windschutzscheibe und auf das Autodach. Immanuel schaltete die Scheibenwischer ein.

Bald würde er das Haus seines Freundes erreichen. Jetzt überfielen ihn Zweifel. War es richtig, dort einfach aufzukreuzen? Aber er musste seinen Freund einfach sehen!

Oder sollte er einfach immer weiter fahren, ohne genauen Plan, einfach der Nase nach? Und sich dann irgendwo niederlassen, beispielsweise in der Toskana, und dort eine Kneipe eröffnen, einfach leben und genießen und keinen Gedanken mehr an vergangene Träume verschwenden …

Er wusste ganz genau, dass er das nicht konnte.

Er war ein Kämpfer. Einer, der seine Ziele verbissen verfolgte. Einer, der voller Ehrgeiz steckte und sich selbst und den anderen bestimmte Dinge beweisen wollte.

Beispielsweise, dass die Cheopspyramide zahlreiche Hohlräume hatte und sich in einer dieser unentdeckten Kammern noch die

Mumie des Pharaos befand. Diese Mumie zu finden wäre die Krönung seines Lebens gewesen.

Jetzt konnte sich diese Frau Dr. Sonntag damit beschäftigen und die Lorbeeren einheimsen.

Er hatte keine Chance bekommen. Man wollte ihn nicht.

Immanuel hatte Erkundigungen über seine Konkurrentin eingezogen. Frau Dr. Amelie Sonntag war vierunddreißig und konnte glänzende Abschlüsse vorweisen. Sie hatte einige kleinere Ausgrabungen am Roten Meer und bei Luxor geleitet. Dies hier war ihr erstes großes Projekt.

Immanuel presste die Lippen zusammen. Wieder schnürte ihm der Neid die Brust zu. Er hatte wesentlich mehr Erfahrungen als sie und mit Mitte vierzig gehörte er noch längst nicht zum alten Eisen. Leider hatte es bei einem seiner letzten Projekte einen Skandal gegeben, als ein Teil der Ausgrabungsgegenstände auf ungeklärte Weise verschwunden war. Wahrscheinlich waren sie von Einheimischen gestohlen und an zahlungskräftige Touristen verhökert worden. Nachweisen ließ es sich jedoch nie. Dieser Vorfall hatte seiner Karriere erheblich geschadet, obwohl er nichts dafür konnte und alle Sicherheitsvorschriften eingehalten worden waren.

Es tat weh, den Platz frei machen zu müssen – noch dazu für eine Person, die so zierlich wirkte, dass man sich fragte, ob sie die Strapazen überhaupt durchhalten würde.

»Verdammt!«

Inzwischen war das Unwetter richtig da und der Regen so dicht, dass Immanuel fast nichts mehr sehen konnte. Er schaltete in einen niedrigeren Gang und konzentrierte sich aufs Fahren. Über ihm zuckten grelle Blitze, der Himmel war höllenschwarz.

Wie das Jüngste Gericht. Passte zu seiner düsteren Stimmung …

Immanuel atmete schwer. Er dachte an seinen Freund Magnus. Sie hatten zusammen das Gymnasium besucht und waren gemeinsam mit den ersten Mädchen ausgegangen. Magnus hatte ihm sogar einmal eine Freundin ausgespannt, was ihre Freundschaft für einige Zeit beeinträchtigt hatte.

Sie hatten ähnliche Schicksale. Hinter beiden lag eine gescheiterte Ehe, wobei Immanuel eine Tochter hatte – mittlerweile siebzehn. Er hatte sie seit Jahren nicht mehr gesehen, weil die Mutter es nicht wollte.

Magnus hatte zwar keine eigenen Kinder, aber sein dreizehnjähriger Neffe Benjamin lebte bei ihm, seit Magnus' Schwester bei einem schrecklichen Chemieunfall ums Leben gekommen war. Magnus liebte Benjamin wie einen Sohn. Der Junge war ziemlich verschlossen, aber vielseitig interessiert. Immanuel hatte ihm schon öfter etwas geschickt, beispielsweise ein Hieroglyphen-Spiel oder kleine Nachbildungen von ägyptischen Göttern. Benjamin hatte sich jedes Mal darüber gefreut.

Bestimmt würde der Junge auch von den Sachen begeistert sein, die Immanuel im Kofferraum hatte. Im Laufe der Jahre hatte sich so allerlei angesammelt, sowohl Kitsch als auch Kunst. Beispielsweise die ägyptischen Gewänder, die Immanuel anlässlich eines Kostümfestes für sich und seine Freunde hatte anfertigen lassen. Oder eine billige Nachbildung des Halsschmuckes von Tut-ench-Amun, mit unechten Steinen, aber ganz hübsch. Oder die kleine Katzenstatue, die die Göttin Bastet darstellen sollte. Das Wertvollste war zweifellos die echte Ibis-Mumie mit dem Tonkrug, ein Original. Sie stammte aus Sakkara, wo unzählige solcher mumifizierter Vögel gefunden worden waren. Immanuel hatte schon überlegt, ob er die Mumie einem Museum stiften sollte, doch dann hatte er sich dafür entschieden, sie Benjamin zu schenken. Der Junge würde eine Mumie bestimmt zu schätzen wissen.

Immanuel seufzte. All die Dinge im Kofferraum waren Sammelstücke aus einem Leben, mit dem er abgeschlossen hatte. In dieser Hinsicht gab es für ihn keine Zukunft. Er hatte auch keine Lust mehr, von vorne zu beginnen. Wer beschäftigte einen arbeitslosen Archäologen? Sollte er etwa als Museumswärter arbeiten, der Führungen machte, Besucher durch die Räume schleuste und jeden Tag fünf- oder zehnmal den gleichen Vortrag hielt?

Nein.

Er hatte seine Wohnung in Hildesheim gekündigt, seine Möbel im Möbellager untergestellt, Strom und Gas abgemeldet. Zurückkehren würde er nicht, so viel war klar.

Immanuel blendete jeden Gedanken an die Zukunft aus.

Im dichten Regen tauchte ein Hinweisschild auf.

Nur noch wenige Kilometer bis Werthausen. Bald würde er seinen Freund Magnus Ambrosius wiedersehen …

Unerwarteter Besuch

Benjamin, Melanie und Thomas saßen vor dem Fernseher und guckten gerade eine alte Folge von *Raumschiff Enterprise*, als ein greller Blitz das Zimmer erleuchtete. Sekundenbruchteile später knallte der Donner. Gleichzeitig wurde der Bildschirm schwarz.

Melanie zuckte zusammen. »Ein Gewitter!«

Sie hatten gar nicht gemerkt, dass ein Unwetter aufgezogen war. Es war ganz plötzlich gekommen, vorhin war der Himmel noch blau gewesen.

Benjamin ging zur Tür und probierte den Lichtschalter. Es tat sich nichts.

»Der Strom ist weg«, sagte er. »Mist, dann klappt's vermutlich wieder nicht mit dem Abendessen.«

Professor Magnus Ambrosius und sein Neffe Benjamin hatten gemeinsam sehr lange herumgetüftelt, bis sie das Haus voll automatisiert hatten. Es war sehr praktisch. Man konnte seelenruhig fernsehen, während in der Küche Essen zubereitet und Tee gekocht wurde – fast ganz ohne menschliches Zutun. Melanie Jeschke und Thomas Pahl, die seit einigen Tagen zu Besuch da waren, waren davon schwer beeindruckt. Was sich Benjamin und der Professor hatten einfallen lassen, war Arbeit sparend und darüber hinaus sehr originell. Beispielsweise genügte ein Knopfdruck, um das benutzte Geschirr auf einem Fließband vom Esszimmer in die Küche zu transportieren, wo es von einer Art Roboter in Empfang genommen und in die Geschirrspülmaschine eingeräumt wurde.

Leider war das System sehr störanfällig und ohne Strom funktionierte gar nichts. Wie jetzt.

Magnus Ambrosius kam zur Tür herein, begleitet von Major, dem schwarzen Labrador. »Ich sehe mal nach, ob die Sicherung rausgeflogen ist. Benjamin, gibt es hier irgendwo eine Taschenlampe, damit ich in den Schaltkasten leuchten kann?«

Benjamin flitzte hoch in sein Zimmer und brachte eine Taschenlampe mit.

»Danke.« Magnus wollte gerade in den Keller hinuntergehen, als es an der Haustür laut klopfte. Er hielt inne.

»Habt ihr das auch gehört oder war es der Wind?«

»Ein Poltergeist«, sagte Benjamin.

»Wohl eher ein Besucher«, meinte der Professor. »Warum läutet er nicht? Ach so, die Klingel funktioniert ja nicht.« Er nahm den Hörer von der Sprechanlage. »Wer da? – Geht auch nicht.«

Er ging zur Tür, um nachzusehen. Als er die Haustür öffnete, durchnässte ihn ein Regenschwall.

Vor ihm, im strömenden Regen, stand ein Mann. Das Haar hing in Strähnen über Wangen und Augen.

Magnus zögerte zwei Sekunden.

»Potzdonner, Imho, bist du es wirklich?«, rief er dann und breitete seine Arme aus.

Der Fremde machte einen Schritt ins Haus und die Männer umarmten sich herzlich. Im Gang entstand eine Pfütze.

Magnus trat einen Schritt zurück. »Was für eine Überraschung! Warum hast du nicht angerufen?«

»Ich war gerade in der Gegend«, antwortete der Fremde. »Ich hoffe, ich störe nicht.«

»Aber nein, ganz im Gegenteil«, sagte Magnus. »Ich freue mich, dich nach all den Jahren wiederzusehen. Lass dich ansehen. Du hast dich kaum verändert!«

»Na, älter geworden sind wir beide«, sagte der Besucher.

Magnus Ambrosius versuchte nachzurechnen, wann sie sich das letzte Mal getroffen hatten. Auf alle Fälle war es mehr als fünf Jahre her. Damals hatte seine Schwester Jasmin noch gelebt, sie waren abends zu dritt ausgegangen. Magnus hatte gedacht, dass sich vielleicht etwas zwischen Immanuel und Jasmin anbahnen würde; die beiden hatten im Restaurant heftig miteinander geflirtet. Immanuels Ehe war kurz zuvor in die Brüche gegangen, Magnus' Scheidung dagegen lag schon etwas länger zurück.

Möglicherweise hätte sich tatsächlich etwas zwischen Immanuel und Jasmin entwickeln können, doch dann war dieser schreckliche Chemieunfall passiert …

Noch immer zuckte Magnus jedes Mal innerlich zusammen, wenn er sich daran erinnerte. Nach Jasmins Tod hatte er endlos mit Immanuel telefoniert, der geduldig zugehört hatte. Magnus war ratlos gewesen, er hatte nicht gewusst, ob er Benjamin in ein Internat geben oder bei sich aufnehmen sollte. Schließlich hatte er sich dafür entschieden, Benjamin wie seinen eigenen Sohn zu behandeln und ihm seine ganze Liebe und jede mögliche Fürsorge zu schenken.

Seit jenem Treffen vor dem Unfall hatten Magnus und Immanuel einander nicht mehr gesehen, nur miteinander telefoniert oder sich gegenseitig Briefe und E-Mails geschickt. Immanuel hatte sich oft im Ausland aufgehalten, aber er hatte regelmäßig zu Weihnachten für Benjamin Geschenke geschickt. Im letzten halben Jahr hatte Magnus den Kontakt mit seinem Freund allerdings etwas vernachlässigt, weil er fast jede freie Minute an seiner Zeitmaschine herumgebastelt hatte. Die letzte Phase vor der endgültigen Fertigstellung war so spannend und nervenaufreibend gewesen, dass er für alles andere keine Gedanken mehr frei gehabt hatte. Und dann der Triumph, als er festgestellt hatte, dass die Maschine tatsächlich funktionierte … Er hatte zunächst weiße Mäuse und dann Major in die Vergangenheit geschickt. Und dann die erste Reise, die er selbst unternommen hatte – zusammen mit Benjamin, Melanie und Thomas. Eigentlich war es nicht geplant gewesen, Melanie und Thomas so schnell einzuweihen, aber es hatte sich eben so ergeben.

Magnus nahm seinem Freund Immanuel die regennasse Jacke ab. »Wirklich, es ist eine Freude, dass du da bist. Komm doch rein. Du wirst Benjamin nicht wiedererkennen, damals war er ja erst acht.«

Immanuel folgte Magnus ins Wohnzimmer. Der Professor stellte seinen Gast vor und erklärte, wer Melanie und Thomas waren.

»Beide sind Preisträger von *Jugend forscht*. Sie haben einen Aufenthalt im Albert-Einstein-Institut gewonnen und praktischerweise wohnen sie hier bei uns im Haus. Sie haben sich inzwischen mit Benjamin gut angefreundet.«

Es wurden höflich Hände geschüttelt.

»Dann sind Sie der Mann, der mir letztes Weihnachten den steinernen Käfer geschenkt hat?«, fragte Benjamin.

»Richtig.« Immanuel nickte. »Einen Skarabäus. Der gilt bei den Ägyptern als Glückbringer. Ich hoffe, dass er auch dir ein bisschen Glück bringt.«

Benjamin grinste. »Vielleicht sollte ich ihn mal in die Schule mitnehmen, wenn wir eine Mathearbeit schreiben.«

»Möchtest du etwas trinken, Imho?«, fragte Magnus, nachdem sich Immanuel gesetzt hatte. »Du kannst gerne mit uns zu Abend essen, aber leider ist bei uns seit ein paar Minuten der Strom weg.«

Immanuel streckte abwehrend die Hände aus. »Bitte keine Umstände, Magnus. Ich weiß nicht, ob ich lange bleibe. Eigentlich wollte ich nur mal kurz vorbeischauen ...«

»Aber natürlich bleibst du!«, sagte Magnus bestimmt. »Glaubst du, ich lass dich jetzt gleich wieder weg, wo wir uns so lange nicht gesehen haben? Kommt gar nicht in Frage!«

Immanuel lächelte schwach und knetete seine Finger.

Magnus trug Benjamin auf, zuerst in den Keller zu gehen und nach der Sicherung zu sehen und dann für Immanuel aus der Küche ein Glas Orangensaft zu holen.

»Oder trinkst du inzwischen lieber Bier?«

Immanuel verneinte.

»Dann habe ich mich richtig erinnert.« Magnus setzte sich auf die Couch und lehnte sich zurück, während Benjamin mit der Taschenlampe verschwand. »Bier hast du noch nie gemocht. Aber jetzt erzähl endlich: Wie geht es dir? Was treibt dich hier in die Schwäbische Alb?«

Immanuel druckste etwas herum.

»Möchtest du lieber mit mir unter vier Augen reden?«, fragte Magnus.

Melanie sagte sogleich: »Wir können gerne rausgehen.«

»Nein, nicht nötig. Bleibt nur.« Immanuel blickte Magnus an. »Es ist kein Geheimnis. Es hat schließlich schon in der *FAZ* gestanden und in der *Süddeutschen*.«

»Ich muss gestehen, dass ich in der letzten Zeit wenig zum Zeitunglesen gekommen bin. Ich überfliege höchstens die Schlagzeilen.«

»Dann weißt du es noch nicht?«

»Was denn?« Magnus beugte sich interessiert vor.

»Ich hatte gehofft, einen großen Forschungsauftrag in Ägypten zu bekommen, aber dann wurde die Leitung einer Kollegin übertragen. Sie ist sehr viel jünger als ich und meiner Meinung nach ziemlich unerfahren.« Immanuel verstummte und zuckte die Achseln. Die Geste drückte Hilflosigkeit und Ratlosigkeit aus.

Magnus verstand, dass diese Entscheidung für seinen Freund ein schwerer Schlag sein musste. »Das hat dich wahrscheinlich ziemlich geärgert.«

»Jawohl, es hat mich geärgert.« Immanuel lachte kurz auf. Stockend fuhr er fort: »Nicht nur das. Jetzt ist ... mein ganzes Lebensziel ... dahin ...«

»Nun mach mal halblang«, hakte Magnus gleich ein. »Ich begreife, dass du schwer schlucken musst, weil dir eine junge Frau den Rang abläuft, aber es kann doch nicht sein, dass dich das gleich völlig aus der Bahn wirft.«

Immanuel sagte nichts, sondern sah zu Boden.

Professor Ambrosius erinnerte sich daran, dass Immanuel schon früher gelegentlich Anzeichen von Depressionen gezeigt hatte. Er hatte sich dann tagelang, manchmal auch eine ganze Woche zurückgezogen. Während dieser Zeit hatte er niemanden sehen wollen, war nicht ans Telefon gegangen und hatte kaum etwas gegessen und getrunken. Magnus hatte sich immer große Sorgen um seinen Freund gemacht. Er hatte Immanuel täglich besucht, obwohl er gar nicht willkommen gewesen war, und hatte ihn fast gewaltsam unter die Leute gezerrt. Diese Aktivitäten hatten meistens geholfen.

Magnus war überzeugt gewesen, dass sein Freund in der Zwischenzeit die Neigung zu düsteren Anwandlungen verloren hatte. Immanuel hatte sich in den letzten Jahren stets heiter und locker gegeben. Seine einzige Verbissenheit war der Ehrgeiz eines Wissenschaftlers gewesen, der bestimmte Dinge beweisen will.

Doch jetzt schien es, als sei seine Niedergeschlagenheit zurückgekehrt, und zwar mehr denn je.

»Ich will nicht mehr kämpfen«, murmelte Immanuel mit gesenktem Kopf. »Ich bin zu müde dazu. Mögen die anderen ihre Theorien verfechten und für ihre Beweise Lorbeeren ernten. Ich halte mich heraus, ich ziehe mich zurück.«

Magnus runzelte die Stirn, stand auf und fasste seinen Freund an der Schulter.

»Du willst aufgeben? He, du bist doch immer ein Dickschädel gewesen – genau wie ich. Jemand, der mit dem Kopf durch die Wand will und der es auf-Teufel-komm-raus der Welt zeigt.« Er boxte ihn spielerisch in die Rippen. Doch Immanuel reagierte nicht darauf.

Betreten wechselten Melanie und Thomas einen Blick. Magnus

war ebenfalls ratlos. Ihm fiel nichts ein, womit er seinen Freund aufmuntern konnte.

In diesem Moment kam Benjamin aus dem Keller zurück.

»Die Sicherung ist wieder drin«, verkündete er fröhlich. »Der Strom muss in ganz Werthausen weg sein ...« Er bemerkte das drückende Schweigen. »Was ist denn los?«

»Ich habe einen Forschungsauftrag, mit dem ich fest gerechnet habe, nicht bekommen«, antwortete Immanuel.

»Es ist doch bestimmt nicht der einzige Auftrag«, meinte Magnus. »Garantiert gibt es noch mehr Chancen ...«

»Ich könnte nach Grönland gehen«, sagte Immanuel. »Ein halbes Jahr in eisiger Kälte campieren, ganz primitiv und ohne Luxus ... auf den Spuren der Wikinger ... Nein, danke! Ich hatte mir vorgenommen, das Geheimnis um Cheops zu lösen, aber jetzt ...« Er brach ab.

»Cheops?«, wiederholte Benjamin und seine Augen begannen zu funkeln. »Der Pharao? Was gibt's denn da für ein Geheimnis?«

»Seine Mumie«, sagte Immanuel. »Bis heute hat man sie nicht gefunden. Es gibt einen großen Sarkophag aus Granit, der offiziell für den toten Pharao bestimmt war. Jeder, der heute nach Ägypten reist, kann diesen Sarkophag besichtigen. Er befindet sich noch in der Pyramide, denn er ist zu groß und zu schwer, um in ein Museum geschafft zu werden.« Er räusperte sich. »Einige Leute zweifeln daran, dass der Sarg je benutzt worden ist. Es gibt sogar Menschen, die behaupten, Cheops selbst sei nur eine Erfindung. Wisst ihr, dass eine winzige Statue alles ist, was man von dem großen Pharao gefunden hat?«

»Echt?«, fragte Benjamin verwundert.

»Bis auf die Pyramide«, ergänzte Professor Ambrosius.

»Richtig.« Immanuels Stimme wurde leise. »Vielleicht könnt ihr jetzt verstehen, warum dieser Forschungsauftrag so wichtig für mich war.«

Magnus nickte. »Ja, wenn man sich erst mal in eine Theorie festbeißt ...«

Immanuel lebte auf. »Genau wie du damals, weißt du noch? Wie du vor Jahren behauptet hast, dass es gleichzeitig verschiedene Zeitebenen gibt und deswegen auch Zeitreisen möglich sein müssen. Man hat dich als Spinner und Fantasten betitelt, du hast sogar anonyme Drohungen bekommen ...«

»Ich erinnere mich.«

»Du warst regelrecht vernarrt«, sagte Immanuel. »Du hast keine Kritik gelten lassen, sondern warst felsenfest von deinen Ansichten überzeugt. In Fachkreisen hat man sich schon über deinen Dickschädel lustig gemacht.«

»Hm ... tja, das ist ziemlich lange her ...« Magnus lächelte.

»Wie denkst du eigentlich heute darüber?«, wollte Immanuel wissen. »Hast du in dieser Richtung weitergeforscht oder erkannt, dass alles nur Hirngespinste waren?«

Magnus schüttelte langsam den Kopf. »Es waren keine Hirngespinste, Imho. Ganz und gar nicht. Denn inzwischen habe ich Beweise. Man kann tatsächlich durch die Zeit reisen.«

Ich hab gedacht, mich laust der Affe! Onkel Magnus hat seinem Freund tatsächlich erzählt, dass er eine Zeitmaschine gebaut hat. Uns lässt der Prof tausend Eide schwören, dass wir niemandem ein Sterbenswörtchen sagen, und er verrät einfach alles!

Okay, dieser Immanuel ist ein alter Schulfreund. Trotzdem! Wer garantiert denn, dass er nicht einfach einen Presseheini anruft und die Sache an die Öffentlichkeit bringt?

Jedenfalls ist mir fast das Herz stehen geblieben, als Onkel Magnus sein Geheimnis ausgeplaudert hat.

Immanuel war zuerst misstrauisch.

»Und die Zeitmaschine, die du konstruiert hast, soll funktionieren? Willst du mich auf den Arm nehmen, Magnus? Das ist noch keinem Menschen gelungen! Zu Scherzen bin ich momentan wirklich nicht aufgelegt.«

In diesem Moment kam der Strom wieder und im Fernseher erschienen Spock und Captain Kirk, um ihre Mission auf dem fremden Planeten zu Ende zu führen. Immanuel guckte auf den Bildschirm. »Eine Zeitmaschine ist Science-Fiction – genau wie die Sendung hier!«

»Du kannst dich gerne mit eigenen Augen überzeugen«, meinte Magnus. Und dann erzählte er alles von Anfang an. Wie er sich darüber geärgert hatte, dass man seiner Abteilung im Albert-Einstein-Institut ständig die Forschungsgelder gekürzt hatte. Wie er beschlossen hatte, die Forschungen eben auf eigene Faust weiterzubetreiben. Wie er die Tropfsteinhöhle gefunden und sie für seine Zwecke genutzt hatte. Wie er dann Archie, die künstliche Intelligenz, gebaut hatte und wie wir zuerst Mäuse und dann Major in die Vergangenheit geschickt hatten. Und wie unser erster Menschenversuch zustande gekommen war: Onkel Magnus hatte versehentlich Merlin aus dem Mittelalter geholt und wir hatten ihn in seine Zeit zurückbringen müssen – ein haarsträubendes Abenteuer …

In diesem Moment ging in der Küche eine Sirene los und über der Wohnzimmertür blinkte eine rote Lampe.

Immanuel sprang erschrocken auf. »Feuer?«

»Nein, das Abendessen«, sagte ich ruhig. »Es ist jetzt fertig.«

»Du isst doch mit uns?«, fragte der Prof.

Immanuel zögerte. »Eigentlich wollte ich gar nicht lange bleiben ...«

Onkel Magnus wischte seinen Einwand einfach beiseite. »Papperlapapp. Glaubst du, nach all den Jahren lasse ich dich jetzt einfach gehen?«

Der Archäologe blieb also. Es gab Hähnchen mit Reis und Zwiebelpaprikasoße. Die Hähnchen waren wunderbar knusprig, der Reis ganz locker und körnig und die Soße unbeschreiblich lecker. Ich war richtig stolz, dass alles so gut funktioniert hatte. Das letzte Mal waren unsere Hähnchen nämlich kohlrabenschwarze Klumpen geworden – ich hatte die Zeitschaltuhr für den Grill falsch programmiert.

Eigentlich erwartete ich, dass Immanuel sowohl unsere vollautomatische Küche als auch das Essen überschwänglich loben würde (»Genial!« Oder wenigstens: »Toll!«). Aber er sagte keinen Ton, sondern spachtelte schweigend alles in sich rein.

»Das Hähnchen schmeckt gut«, betonte ich und gab Major ein Stückchen Haut ab.

»Sehr gut«, meinte auch Melanie, obwohl sie sich nur vom Reis und der Soße genommen hatte. Sie ist nämlich Vegetarierin.

Immanuel guckte in der ganzen Küche herum und betrachtete unsere Apparaturen und Geräte. Aber ich glaube, er nahm unser ausgetüfteltes System gar nicht richtig wahr. Er war mit den Gedanken weit weg. Manchmal gab er überhaupt keine Antwort, wenn er etwas gefragt wurde.

Ein schwieriger Mensch!

Wir waren schon beim Nachtisch – Schokopudding mit Vanille-

soße –, als Immanuel wieder etwas auftaute. Er erzählte von einem geheimnisvollen ägyptischen Grab, das allen Wissenschaftlern Rätsel aufgegeben hatte.

»Man fand in dem Sarkophag ein Kind mit zerschmetterten Knochen«, berichtete er. »Es war vermutlich ein Prinz, zumindest aber ein Angehöriger der Königsfamilie, von Feinden der Herrscher umgebracht. Tja, man weiß sehr wenig über die so genannte Zwischenzeit zwischen dem Alten und dem Neuen Reich, aber es muss viel passiert sein. Es gibt merkwürdigerweise kaum Aufzeichnungen darüber oder sie wurden alle zerstört.«

»Der Unterschied zwischen dem Alten und dem Neuen Reich besteht hauptsächlich darin, dass man im Alten Reich Pyramiden gebaut hat und im Neuen nicht mehr«, sagte Melanie.

Ich war wieder mal verblüfft, wie viel sie wusste. Bisher dachte ich, dass sie sich hauptsächlich in Biologie auskennt. Ihr Vater ist nämlich Zoodirektor und ihre Mutter Verhaltensforscherin. Sie war gerade in Afrika, um Schimpansen zu erforschen.

»Ganz so einfach ist es nicht«, meinte Immanuel. »Aber es stimmt, im Neuen Reich hat man keine Pyramiden mehr gebaut. Übrigens wurden alle Pyramiden innerhalb von relativ kurzer Zeit errichtet. Das Pyramidenfieber dauerte nur ungefähr hundert Jahre. Wenn man bedenkt, wie lange die Bauwerke gehalten haben …«

»Was ist eigentlich mit dem Fluch der Pharaonen?«, fragte ich, denn das interessierte mich brennend. »Hat er mal Kollegen von Ihnen erwischt?«

Onkel Magnus warf mir einen tadelnden Blick zu. Das entging Immanuel nicht.

»Ich weiß schon, was du meinst.« Er lächelte. »Zwei Archäologen

sind während einer Ausgrabungsperiode gestorben, aber es waren ganz natürliche Todesursachen. Der eine starb an Blutvergiftung, der andere erlitt einen Herzinfarkt. Selbstverständlich gab es damals eine Menge Gerede, weil wir gerade ein Grab gefunden hatten und die beiden Männer binnen vier Wochen starben. Solche Sachen werden immer aufgebauscht. Die Menschen glauben zu gerne an den Fluch der Pharaonen. Dabei gibt es immer eine Erklärung.«

Das genügte mir nicht. Ich wollte mehr wissen. »Zum Beispiel?«

»Beispielsweise giftige Pilzsporen, die sich in den alten Gräbern gebildet haben. Wenn das Grab geöffnet wird, können diese Sporen in die menschliche Lunge eindringen und dort eine gefährliche Infektion auslösen. Wenn jemand ohnehin etwas schwach oder schon angeschlagen ist, kann er daran sterben.«

»Wow«, entfuhr es mir. »Dann ist es ein ganz gefährlicher Job, Archäologe zu sein.«

»Aber spannend«, sagte Immanuel gleich. »Und wahnsinnig interessant. Es gibt nichts, was ich lieber machen möchte.«

Klarer Fall: Er war mit Leib und Seele Archäologe. Dass er den lang ersehnten Auftrag nicht bekommen hatte, musste wirklich ein schwerer Schlag für ihn sein.

»Und was hast du jetzt vor?«, wollte Onkel Magnus wissen. Er stellte die Frage ganz vorsichtig, denn das war ein heikles Thema.

Ich sah, wie Immanuels Hand zitterte, als er nach einer Antwort suchte.

»Keine Ahnung … Vielleicht Rosen züchten oder Bienen. Oder ich werde malen. Eine Kneipe in der Toskana eröffnen …« Sein Mund hatte einen verbitterten Zug. »Auf keinen Fall werde ich weiter in der Erde buddeln, um Altertümer auszugraben und zu rätseln, wie die

Menschen früher gelebt haben. Ich werde mit meinem Auto losfahren, immer der Nase nach, ohne ein bestimmtes Ziel. Dort, wo es mir gefällt, suche ich mir einen Gasthof und bleibe.«

»Ich habe eine bessere Idee.« Onkel Magnus machte eine Pause. »Ich könnte dich nach Ägypten bringen …«

Mir war sofort klar, dass er Immanuel mit der Zeitmaschine mitnehmen wollte. Imho raffte es jedoch nicht. Oder er zweifelte insgeheim noch immer daran, dass die Sache mit der Zeitmaschine stimmte.

»Ich bitte dich, Magnus. Wegen mir brauchst du keinen Urlaub zu nehmen. Wenn ich wirklich nach Ägypten wollte, könnte ich ins Reisebüro gehen und einen Flug nach Kairo buchen …«

»Das meine ich nicht.« Der Prof schüttelte den Kopf. »Ich rede vom alten *Ägypten. Sag mir, was du sehen willst, dann bringe ich dich hin.«*

Zeitreisefieber

»Ein gewisses Risiko ist natürlich dabei«, sagte Magnus Ambrosius bedächtig. »Ich kann verstehen, wenn du Angst hast.«

Doch Immanuel Hoffmann hatte aus anderen Gründen mit der Antwort gezögert. Noch immer wusste er nicht, ob Magnus sich nicht selbst überschätzte. In wissenschaftlichen Kreisen war man sich einig, dass Zeitreisen nicht durchführbar waren. Immanuel hatte die Diskussionen nur am Rande mitverfolgt, weil Physik nicht sein Fach war. Nur weil Magnus sein Freund war, interessierte er sich auch ein bisschen dafür. Stephen Hawking, ein berühmter Physiker und exzellenter Denker, der schon seit Jahrzehnten gelähmt im Rollstuhl saß, hatte die Möglichkeit von Zeitreisen zwar theoretisch eingeräumt, aber die Wahrscheinlichkeit praktisch gleich null gesetzt.

»Es ist lieb von dir, dass du mich auf diese Weise trösten willst, Magnus …«

»Ich will dich nicht trösten, Imho. Es ist ein ernst gemeintes Angebot.«

Immanuel machte schmale Augen. Vielleicht stimmte es ja doch.

Ein Hang zur Genialität war dem Prof nicht abzusprechen. Schon früher hatte Magnus Ambrosius seinen Lehrern oft ganz ungewöhnliche Antworten gegeben. Damit war er nicht immer gut angekommen. Er hatte als Querdenker gegolten. Seine Sucht, neue Lösungswege für alte Probleme zu finden, hatte ihm den Ruf als Unruhestifter und Streithahn eingetragen. Nicht alle Lehrer hatten sich auf lange Diskussionen mit ihm eingelassen. Magnus hatte während seiner Schulzeit auch so manchen Verweis einstecken müssen, weil er den Unterricht oft mit hartnäckigen Fragen gestört hatte.

»Warum grinst du?«, fragte Magnus.

»Ich dachte gerade an früher«, antwortete Immanuel. »Wie du die Lehrer mit deinem Wissensdurst zur Weißglut gebracht hast, erinnerst du dich?«

»Echt, das hast du?« Benjamin beugte sich interessiert vor. »Das hast du mir noch gar nicht erzählt, Onkel Magnus.«

Der Professor winkte ab. »Darüber reden wir ein andermal. Was ist jetzt, Imho? Hast du dich schon entschieden?«

Immanuel schloss die Augen. Angenommen, es stimmte tatsächlich ... Dann konnten all seine Wünsche und Träume endlich wahr werden! Eine echte Reise in die Vergangenheit – das wäre wirklich der Höhepunkt seines Lebens! Besser als jede Computersimulation oder als ein Historienschinken im Fernsehen ...

»Ja«, sagte Immanuel. Er öffnete die Augen wieder und sah seinen Freund an. »Ich komme mit. Ich will das alte Ägypten hautnah erleben – egal, wie gefährlich so eine Reise ist.«

»Hoffentlich macht der Prof keinen Fehler«, meldete Benjamin Bedenken an, als er mit Melanie und Thomas allein in der Küche war und das Geschirr in die Spülmaschine räumte. Der Küchenroboter, der die Arbeit hätte tun sollen, hatte bereits zwei Teller zerschmettert. Vermutlich hatte der Stromausfall seine Programmierung durcheinander gebracht.

»Hm, ihr habt so viel zu tun, euren vollautomatischen Haushalt zu reparieren, dass ich nicht weiß, ob ihr tatsächlich Zeit damit spart«, bemerkte Thomas spöttisch.

Benjamin war gerade dabei, den Kopf des Roboters abzudrehen. Darin befand sich die elektronische Steuerung.

»Aber es macht auf alle Fälle mehr Spaß«, sagte Benjamin und drückte Thomas den Kopf in die Hand. »Hier. Du bist doch der große Computerspezialist. Du hast ja schon ein neues Betriebssystem programmiert, da dürfte es doch eine Kleinigkeit sein, Marie-Lotte wieder hinzukriegen.«

»Hm … ich?« Thomas war ratlos und reichte den Roboterkopf an Melanie weiter, die ebenfalls einen hilflosen Blick ins Innere warf.

»Damit kenne ich mich leider auch nicht aus.«

»Dann hat Marie-Lotte eben ein bisschen Urlaub.« Benjamin stellte den Kopf auf dem Fensterbrett ab. »Stimmt es, dass man Schimpansen gut dressieren kann?«

»Sie sind extrem klug und begreifen leicht«, bestätigte Melanie. »Wenn man sie die Taubstummensprache lehrt, kann man sich sogar richtig mit ihnen unterhalten.«

»Kann man ihnen auch das Geschirrspülen beibringen?«, fragte Benjamin. »Wenn ja, dann hätte ich gerne einen Schimpansen als Küchenhilfe.«

Wie er erwartet hatte, ging Melanie sofort hoch. »Es ist gemein, Tiere zu versklaven!«

»Beruhig dich, es war doch nur Spaß«, lenkte Benjamin ein. Er nahm Melanie einen Teller ab. »Dann spielen wir lieber die Küchensklaven …« Er stellte das letzte Glas in die Geschirrspülmaschine und schloss die Klappe. Dann drehte er sich um. »Was haltet ihr von diesem Immanuel?«

»Ein intelligenter Mann, aber ein bisschen melancholisch«, lautete Melanies Urteil.

»Ich glaube, man kann ihm vertrauen«, meinte Thomas.

Benjamin schnitt eine Grimasse. »Irgendwie ist mir nicht ganz wohl, dass der Prof mit ihm eine Zeitreise machen will. Die Maschine wird ja erst noch erprobt und ich finde es nicht richtig, dass Onkel Magnus jetzt schon andere Leute einweiht.«

»Ganz klar«, sagte Melanie sachlich. »Bei deinem Gefühl handelt es sich um Eifersucht. Du willst nicht, dass andere an euren Abenteuern teilnehmen … Wahrscheinlich hast du schon bei Thomas und mir Probleme.«

»Quatsch, bei euch doch nicht«, protestierte Benjamin gleich. »Ihr seid doch meine Freunde.«

Thomas grinste. »Sind wir das?«

»Na klar«, entgegnete Melanie. »Wenn wir nicht so zusammengehalten hätten, dann würden wir wahrscheinlich noch immer im mittelalterlichen Britannien sein, wo uns Merlin abgesetzt hat.«

»Eine Zeitmaschine! Das kann ich erst richtig glauben, wenn ich sie mit eigenen Augen gesehen habe«, sagte Immanuel zur gleichen Zeit oben im Arbeitszimmer des Professors.

»Wenn der Regen etwas nachgelassen hat, dann zeige ich sie dir«, kündigte Magnus an.

»Hoffentlich bist du gut zu Fuß; das Gelände zur Tropfsteinhöhle ist nämlich etwas unwegsam.«

»Lieber Magnus, ich wette, ich bin öfter bergauf und bergab geklettert als du! Wie oft, denkst du, bin ich in tiefen Gruben herumgestiefelt, wackelige Leitern hochgestiegen oder habe mich in enge Schächte abgeseilt? Ich bin wirklich nicht zimperlich, falls du das befürchtest. – Wann können wir starten?«

Magnus rieb sich das Kinn. »Ein paar Vorbereitungen müssen wir schon treffen. Allein, was die Kleidung angeht.« Er sah an sich herunter. »Mit Jeans und T-Shirt fallen wir bestimmt unangenehm auf. In Reutlingen gibt es einen Kostümverleih, aber der hat jetzt wahrscheinlich schon geschlossen …«

»Kein Problem«, sagte Immanuel. »Ich hab alles dabei.«

Magnus war im ersten Moment verblüfft. »Aber wie konntest du wissen –«

Immanuel lachte. »Nein, ich kann nicht hellsehen, falls du das gedacht hast. Ich hab einfach meinen ganzen Krempel mitgebracht. In all den Jahren hat sich so viel angesammelt! Ich hatte gehofft, dass sich Benjamin darüber freut. Die Kleider stammen übrigens noch von meinem vierzigsten Geburtstag. Ein paar Freunde und ich haben damals ein Kostümfest gefeiert – natürlich ägyptisch, ganz stilecht. Gewänder, Schuhe und Perücken – alles originalgetreu nachgebildet. Die Sachen sind draußen in meinem Auto.«

»Fantastisch!« Magnus stand auf. »Dann lass uns gehen und das Zeug holen.«

Benjamin, Melanie und Thomas staunten nicht schlecht, als die beiden Männer unzählige Schachteln, Tüten und sorgfältig in Decken und Tücher gehüllte Gegenstände ins Haus trugen.

»Ist das ein Umzug?«, fragte Benjamin.

»So ähnlich«, sagte Immanuel und stellte einen schäbigen Koffer auf dem Boden ab. »Ich brauch das Zeug nicht mehr. Ihr dürft alles auspacken.«

»Natürlich vorsichtig«, fügte Magnus hinzu. »Es sind bestimmt wertvolle Teile dabei.«

Benjamins Augen begannen zu leuchten, als er eine Decke aufschlug und eine Nachbildung der berühmten Goldmaske des Tutench-Amun zum Vorschein kam.

»Wow!«

»Es ist kein Gold, sondern nur Messing«, sagte Immanuel gleich.

»Trotzdem. Cool.« Benjamin hielt sich die Maske ans Gesicht. Er war begeistert. »Die hänge ich über mein Bett.«

Melanie packte einen Horusfalken aus, strich bewundernd über die glatte Oberfläche und stellte ihn dann zur Seite. Thomas mühte sich mit einem schweren Tonkrug ab.

»Was ist denn das für eine hässliche Riesenvase?«

»Vorsicht, Vorsicht«, mahnte Immanuel. »Das ist keine Vase, sondern eine Kanope.«

Thomas lupfte den Deckel und zuckte zurück. Im Innern hatte er ein Gebilde aus uralten Leinenbinden entdeckt. Melanie hatte es ebenfalls gesehen.

»Eine Mumie«, sagte sie ehrfürchtig.

»Ja, ein Ibis. Der heilige Vogel der Ägypter.« Immanuels Stimme klang belegt, weil wieder Erinnerungen in ihm wach wurden. In Sakkara, einem berühmten Ausgrabungsgebiet südlich von Kairo, hatte man vor einigen Jahren ein Gewölbe mit zwei Millionen mumifizierten Vögeln entdeckt – in Fachkreisen eine Sensation.

»Die alten Ägypter haben offenbar alles mumifiziert, was geht«, sagte Magnus Ambrosius. »Nicht nur Menschen, sondern auch Krokodile, Katzen und Vögel …«

»Das zeigt eigentlich, dass die Ägypter einen Riesenrespekt vor Tieren hatten«, meinte Melanie und verschloss behutsam das Gefäß. »Nicht wie die Menschen heute, die Tiere nur zum Spaß halten oder um sie aufzuessen.«

»Na, na«, meinte Immanuel. »Ganz so ist es ja auch nicht. Ich hatte mal einen Hund, Eliot. Er war ein ungemein lieber Kerl und hat mir einmal das Leben gerettet, als ich bei einem Sandsturm fast zwei Tage lang verschüttet war. Leider musste ich Eliot vor vier Jahren einschläfern lassen.«

»Dann war Eliot vermutlich für Sie eine Art Partnerersatz und Sie haben sich den Hund gekauft, um Ihre Einsamkeit zu lindern«, sagte Melanie.

Immanuel wurde ein wenig rot. Das Mädchen hatte aber einen frechen Mund! Das Ärgerliche war, dass sie mit ihrer Bemerkung wahrscheinlich den Nagel auf den Kopf traf. Immanuel hatte sich Eliot angeschafft, nachdem er sich von seiner Frau getrennt hatte. Aber wenn Melanie alles so kaltschnäuzig analysierte, würde sie im Leben bestimmt eine Menge Schwierigkeiten bekommen. Doch das war schließlich ihr Problem.

Auch Magnus warf Melanie einen tadelnden Blick zu. Sie sah ihn verwundert an, weil sie sich keiner Schuld bewusst war. Das, was sie eben gesagt hatte, war doch hinlänglich bekannt. Für viele Leute waren Tiere ein Familienersatz und dagegen war ja nichts einzuwenden, solange die Tiere artgemäß behandelt und nicht überfüttert oder verhätschelt wurden.

»Tja, dann ist Major wohl auch ein Ersatz«, murmelte Benjamin und presste die Lippen zusammen, während er den schwarzen Labrador streichelte. Melanie wusste, dass er in diesem Moment wieder um seine Mutter trauerte.

»Und leider auch ein Versuchskaninchen«, sagte Magnus Ambrosius zu Immanuel. »Wir haben Major schon ein paarmal in die Vergangenheit geschickt – Melanie, du wirst uns sicher deswegen umbringen wollen –, aber er hat all diese Ausflüge ohne Schaden überstanden.«

»Schon okay«, meinte Melanie und runzelte die Stirn. »Das soll allerdings nicht heißen, dass ich es gut finde.«

Benjamin hatte inzwischen weiter gestöbert und einige kleinere Steinfigürchen und bunt bemalte Sarkophage aus Blech entdeckt.

»Nichts Wertvolles«, sagte Immanuel. »Wenn dir die Sachen nicht gefallen, dann kannst du sie ja auf dem Flohmarkt verkaufen.«

»Verkaufen?« Benjamin schüttelte den Kopf. »Nein, ich behalte alles.«

»Er ist ein leidenschaftlicher Sammler«, sagte Magnus. »Ich fürchte, wir müssen bald das Haus vergrößern.«

Benjamin grinste.

»Jetzt aber zum Wichtigsten.« Immanuel hievte den alten Koffer auf einen Stuhl und ließ die Schlösser aufschnappen.

Im Koffer lagen Kleidungsstücke, die im ersten Augenblick an Nachthemden erinnerten.

Benjamin schnüffelte. »Riecht komisch. Hat man bei den alten Ägyptern ein so widerliches Parfüm benutzt?«

»Mottenpulver«, stellte Melanie fest. Ihre Nase war noch eine Spur feiner.

Immanuel schüttelte die Gewänder aus. Es staubte ein bisschen.

»Hm, ich hoffe, ihr seid nicht zimperlich. Aber die Dinger jetzt noch in die Waschmaschine zu stecken, das schaffe ich einfach nicht. Ich bin viel zu neugierig auf die Reise.«

»Wenn wir Wäscheklammern für die Nase mitnehmen, wird's wohl gehen.« Benjamin griff nach einem weißen kurzen Lendenschurz. »Der da ist für mich, oder?«

Melanie kicherte. »Wirklich sehr schick.«

Thomas hielt ihr eines der Nachthemden an den Hals. »Das passt dir bestimmt wie angegossen.«

»Hauptsache, wir fallen damit nicht auf«, sagte Magnus und warf seinem Freund einen fragenden Blick zu.

»Ich versichere dir, wir haben auf sämtliche Details geachtet«, erwiderte Immanuel. »Selbst die Sandalen sind handgefertigt. Wir waren damals die perfekten Ägypter.«

Er hatte nicht zu viel versprochen. Es war wirklich alles da. Im Koffer befanden sich noch Perücken, Schmuck und Schminke. Die Sachen hätten sogar noch für zwei weitere Leute gereicht. Die Schminke war ein bisschen eingetrocknet, aber man konnte sie noch verwenden.

»Dann sind wir ja bestens ausgestattet«, stellte Magnus Ambrosius fest.

»Ja, unserer Reise steht nichts mehr im Weg«, meinte Immanuel. »Ich bin wirklich sehr gespannt auf deine Zeitmaschine!«

Mit der Sonnenbarke ins Totenreich

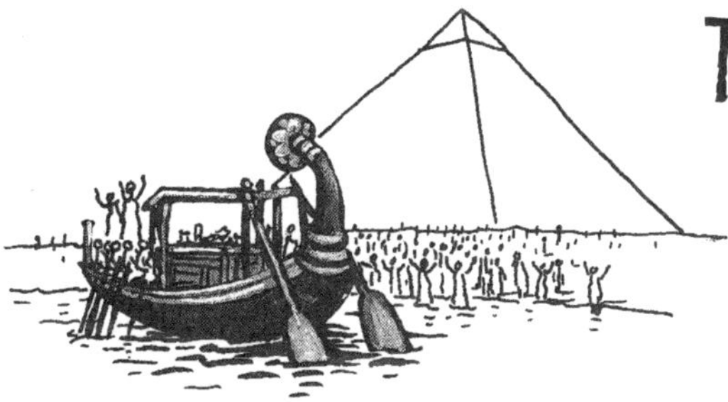

Wenig später brachen sie auf. Der Regen hatte inzwischen nachgelassen, es nieselte nur noch ganz sachte. Magnus trug den Koffer mit den Kostümen, denn sie wollten sich erst in der Höhle umziehen, damit sie in dem kleinen Ort kein Aufsehen erregten.

»Wir müssen auf die Nachbarn Rücksicht nehmen«, scherzte der Professor. »Für die bin ich sowieso ein Rätsel. Dass ich und Benjamin so ganz allein wohnen können – ohne Frau –, ist ihnen nicht ganz geheuer. Es gab ein paar Kandidatinnen, die mich zu gerne geheiratet und mir den Haushalt geführt hätten.«

»Und?« Immanuel blickte seinen Freund neugierig von der Seite an.

Magnus zuckte die Achseln. »War nichts Interessantes dabei.«

Immanuel lachte laut auf. »Magnus, willst du mir etwa erzählen, dass es bei dir keine Frauengeschichten mehr gibt? Das glaube ich dir nicht! Da müsstest du dich wirklich sehr verändert haben.«

Magnus brummte ein bisschen. »Es war jedenfalls keine darunter, die ernsthaft in Frage gekommen wäre.«

Benjamin schnaubte und verdrehte die Augen. Vor kurzem

hatte es noch eine Frau in Magnus' Leben gegeben – Vivien. Sie waren eine ganze Weile zusammen gewesen, aber dann hatte Vivien den Prof verlassen. Er war noch nicht ganz darüber hinweg, während Benjamin über den Ausgang der Geschichte sehr froh war. Er hatte die Freundin als Eindringling empfunden. Ihre Art, wie sie sich bei ihm angebiedert hatte und ihm die Mutter hatte ersetzen wollen, war ihm sehr lästig gewesen.

»Jetzt sind wir gleich bei der Höhle«, kündigte Magnus an, als sie den Abhang erreichten. Sie kletterten in den stillgelegten Steinbruch hinunter. Die Erde war durch den Regen aufgeweicht und Immanuel rutschte einmal aus.

»Wenn ich mir jetzt den Knöchel breche, dann können wir das ganze Abenteuer vergessen.«

Hinter der windschiefen Fichte befand sich der versteckte Höhleneingang. Während die beiden erwachsenen Männer vor Thomas und Benjamin hineinschlüpften, nutzte Melanie die Zeit, um noch schnell an ihre Mutter in Afrika eine SMS zu schreiben.

Benjamin hörte das Piepsen ihres Handys und drehte sich nach ihr um.

»Du bist ja echt SMS-süchtig«, meinte er belustigt.

Melanie schnitt eine Grimasse. »Könnte ja sein, dass wir aus Ägypten nicht zurückkehren ... Ich würde es mir nie verzeihen, wenn ich ihr nicht noch einen Gruß geschickt hätte. Keine Angst, von der Zeitmaschine schreibe ich kein Wort.«

Das hatte Benjamin auch nicht erwartet. Er wusste, dass er sich in dieser Hinsicht auf Melanie und Thomas absolut verlassen konnte.

»Bist du aufgeregt?«, fragte er.

»Ein bisschen. Und du?«

Benjamin nickte. »Auch.« Er pfiff nach dem Hund. »Major, komm! Lass die Kaninchen!«

Gehorsam sauste Major herbei und verschwand gleich in der Höhle.

»Der kennt sich aus«, meinte Melanie.

»Sicher, er war ja auch schon oft genug hier.«

Jetzt kletterten Benjamin und Melanie durch den Höhleneinstieg. Kühle, modrige Luft empfing sie und Melanie merkte, wie ihr Herz schneller klopfte. Höhlen faszinierten sie und dies hier war eine wunderbare Tropfsteinhöhle, die Magnus Ambrosius vor einiger Zeit entdeckt hatte. Er hatte die Entdeckung jedoch geheim gehalten, denn die Höhle war wie geschaffen für seine Experimente mit der Zeit.

Ringsum war es dunkel, man konnte kaum etwas sehen. Melanie tastete sich hinter Benjamin den schmalen Gang entlang. Ein Stück weiter vorne hörten sie den Professor fluchen.

»Verdammt, jetzt habe ich mir doch tatsächlich den Kopf gestoßen! Thomas, kannst du mir mal die Taschenlampe geben?«

In diesem Moment hatten sie aber schon den Kontrollpunkt erreicht und Lämpchen flammten auf. Eine Computerstimme – sie gehörte der künstlichen Intelligenz Archie, die die Höhle überwachte und die Zeitmaschine vor fremdem Zugriff schützen sollte – forderte die Besucher auf, sich zu identifizieren.

Immanuel zuckte ein wenig zusammen.

»Toller Trick, Magnus, das muss man dir lassen.«

»Das ist kein Trick, Imho. Archie kann tatsächlich selbstständig denken und handeln. Er ist der Erste seiner Art.«

»Dann bist du tatsächlich ein Genie.« In Immanuels Stimme schwang echte Bewunderung.

Klar, das hat dem Prof wieder mal mächtig geschmeichelt, obwohl er ja normalerweise die Bescheidenheit in Person ist.

Immanuel war sehr beeindruckt: von der Höhle mit ihren fantastischen Tropfsteinen, dem Höhlenfluss und natürlich am allermeisten von der Zeitmaschine.

Onkel Magnus holte sie mittels seiner Fernbedienung aus der fünften Dimension herbei. Das sieht jedes Mal super aus: Zuerst flimmert die Luft ein bisschen regenbogenfarbig, dann erscheint aus dem Nichts ein großes, glänzendes, quer liegendes Ei – die Zeitmaschine.

Während Imho sie ausgiebig bewunderte und sich vom Prof die Details erklären ließ, zogen Thomas, Melanie und ich uns schon einmal um. Die Verwandlung war perfekt! Wir sahen tatsächlich aus wie Ägypter! Allerdings begannen wir in der kühlen Höhle mit unseren luftigen Gewändern bald zu frieren. Meine Zähne schlugen aufeinander, denn ich hatte nur eine Art Lendenschurz an. Wie ein Indianer beim Kriegstanz hüpfte ich im Kreis herum, um mich aufzuwärmen. Major fand das ziemlich lustig und versuchte dauernd, nach meinem Lendenschurz zu schnappen. Melanie und Thomas lachten sich fast kaputt.

»Dein Tanz ist aber nicht stilecht«, kritisierte Immanuel.

»Ich friere«, schnatterte ich.

»Wir müssen los«, sagte Onkel Magnus. »Ich will wirklich nicht, dass sich die Kinder noch eine Lungenentzündung holen.«

Die beiden Männer kletterten in die Zeitmaschine und zogen sich darin um. Wenig später kamen sie wieder zum Vorschein. Ich hätte den

Prof beinahe nicht wiedererkannt! Melanie vervollständigte die Kostümierung noch, indem sie die beiden schminkte: ockerfarbene Schminke für die Haut, damit sie aussah, als sei sie von der Sonne gebräunt; schwarzer Kajalstift für die buschigen Augenbrauen …

Immanuel musste Melanie schließlich abwehren. »Es genügt, wirklich! Sonst sehen wir noch zu ägyptisch aus …«

Mit ihrem Talent könnte Melanie glatt Maskenbildnerin werden, aber sie will ja unbedingt mal was mit Biologie machen – genau wie ihre Eltern. Na ja, wer weiß, vielleicht überlegt sie es sich ja noch anders!

Onkel Magnus hatte inzwischen seinen alten Freund in das Geheimnis der Sprachpillen eingeweiht. Diese kleinen grünen Pillen regen das Sprachzentrum im Gehirn an, sodass man in Windeseile eine Fremdsprache lernen kann. Man beherrscht sie dann vollkommen – wie die eigene Muttersprache. Diese Erfindung ist super! Wenn der Prof wollte, könnte er damit ein Vermögen verdienen und alle Sprachschulen könnten schließen!

Jetzt waren alle Vorbereitungen getroffen und die Reise konnte beginnen.

Ich war total aufgeregt. So viel Übung hatten wir ja noch nicht, was Zeitreisen anging. Wir nahmen auf den Sitzen Platz, dann schloss sich die Einstiegsluke. Onkel Magnus gab Archie die letzten Anweisungen, dann drückte er den Starthebel herunter. Die Zeitmaschine begann zu summen.

Immanuel starrte auf das Display, auf dem die Jahreszahlen angezeigt wurden. Die Zahlen rasten in einem Affentempo rückwärts.

»Wie?«, fragte Immanuel. »Geht es so schnell? Genügen wenige Minuten für eine Reise Jahrtausende zurück?«

Das war der Einsatz für Archie. »Sicher«, meldete er sich zu Wort. »Das liegt daran, dass wir mit rasanter Rückläufigkeit reisen. Die Durchschnittsgeschwindigkeit beträgt dreiunddreißig negative Jahre pro Sekunde. In Ausnahmefällen kann ich sogar bis auf zweiundsiebzig negative Jahre pro Sekunde beschleunigen.«

Die Stimme klang unverkennbar stolz. Da soll noch mal einer behaupten, dass eine künstliche Intelligenz keine Gefühle kennt! Unser Archie hatte jedenfalls schon eine Menge dazugelernt.

Die Zeitmaschine kam zum Stillstand und das Summen des Motors erstarb.

Mit leisem Zischen glitt die Einstiegsluke auf.

Immanuel schnappte hörbar nach Luft. Wir mussten blinzeln, denn die strahlende Sonne blendete uns. Ich kniff die Augen zusammen und drehte den Kopf. Da musste ich schon wieder blinzeln, denn am Himmel war noch eine zweite Sonne. Zumindest dachte ich das im ersten Moment. Dann kapierte ich.

»Mann, das ist ja die Pyramide!«

Vor den Zeitreisenden erhob sich ein gewaltiges, schneeweißes Bauwerk. Die Spitze war aus purem Gold. Sie funkelte und gleißte in der Sonne. Der Anblick war überwältigend.

»Zwick mich«, sagte Melanie. »Das träume ich bestimmt nur!«

»Ja, so hat die Pyramide einst ausgesehen«, schwärmte Immanuel. Er war völlig hingerissen. »Der weiße Kalküberzug … ganz authentisch …«

Magnus Ambrosius legte ihm die Hand auf die Schulter. »Lieber Imho, so sieht die Pyramide aus. Dies ist keine Computersimulation, auch keine *son-et-lumière*-Schau für Touris. Es ist Wirklichkeit! Wir sind nicht mehr im einundzwanzigsten Jahrhundert, auch nicht auf einer einfachen Ägyptenreise. Wir befinden uns tatsächlich im alten Ägypten.«

»Das Land heißt zu dieser Zeit noch Kemi«, verkündete Archie. »Übersetzt: Schwarzes Land.«

»Welcher Pharao ist an der Macht?« Immanuel wurde immer aufgeregter, nachdem er begriffen hatte, dass das Wunderbare wahr geworden war. »Ich kann es noch immer nicht fassen! Wir sind da! Ich bin am Ziel meiner Träume.« Als er seinen Freund ansah, hatte er Tränen in den Augen. »Es ist fast so, als sei ich nach Hause gekommen …«

»Jetzt übertreib mal nicht.« Magnus lächelte. »Ich weiß, dass du deinen Beruf sehr liebst, aber alles in Maßen!«

Immanuel schüttelte den Kopf. »Das verstehst du nicht. Alles ist so vertraut … Mir kommt es vor, als würde ich nach langer Zeit an den Ort meiner Kindheit zurückkehren.«

Zum Glück sah er nicht, welche Grimassen Melanie, Thomas und Benjamin hinter seinem Rücken schnitten. Benjamin machte den anderen ein Zeichen, das verdeutlichte, dass er Immanuel für völlig durchgeknallt hielt.

Archie räusperte sich. Um auf sich aufmerksam zu machen, hatte er bereits diese menschliche Verhaltensweise übernommen.

»Um die Fragen zu beantworten: Bis vor kurzem regierte Pharao Cheops. Die Pyramide wird dem toten König als ewige Ruhestätte dienen. Wir kommen gerade recht zur Beisetzung des Toten. Die ersten Trauergäste sind schon eingetroffen. In ein paar Stunden werden der Taltempel und der Aufweg zur Pyramide überfüllt sein. – Sie sollten lieber rechtzeitig Ihre Plätze einnehmen, aber vergessen Sie bitte nicht, mich vorher in die fünfte Dimension zu schicken.«

»Wie?« Professor Ambrosius war verblüfft. »Du behauptest, gerade jetzt findet die Trauerfeier für den Pharao statt?«

»Ein einmaliges Erlebnis«, sagte Immanuel ergriffen.

»Exakt«, bestätigte Archie. »Habe ich den Zeitpunkt nicht fantastisch hingekriegt?« Es klang so selbstgefällig, dass Magnus Ambrosius ein wenig die Stirn runzelte. Dass seine künstliche Intelligenz so schnell eitel wurde, hatte er nicht erwartet. Dann sah er sich suchend in der Zeitmaschine um, griff nach der Fernbedienung und befestigte sie mit dem Trageclip an seinem Gürtel. Ohne das kleine Gerät konnte er die Zeitmaschine nicht in die fünfte Dimension – einen Ort außerhalb der Zeit – schicken. Von dort aus konnte er sie jederzeit wieder herbeirufen, egal, wo er gerade war.

Major sprang zuerst aus der Zeitmaschine, die anderen folgten. Professor Ambrosius drückte auf der Fernbedienung eine bestimmte Ziffernfolge. Schon flimmerte die Luft in allen Regenbogenfarben, die Zeitmaschine löste sich auf und verschwand.

»Super«, meinte Immanuel. »Hätte ich es nicht mit eigenen Augen gesehen, würde ich es niemals glauben. Du bist ein Hexer, ein Zauberer, Magnus!«

Beim Stichwort »Zauberer« musste Benjamin sofort wieder an das Abenteuer mit Merlin denken.

Der Professor wehrte ab. »Ich bin kein Zauberer, sondern höchstens ein fähiger Physiker und technisch ein bisschen begabt …« Er hantierte an seinem Gürtel und stopfte ihn unter den Lendenschurz.

»Hoffentlich schmilzt unsere Schminke nicht«, murmelte Benjamin. »Puh, was für eine Affenhitze!«

»Der Temperaturunterschied ist wirklich extrem«, sagte Immanuel. »Aber ich mag diese Wärme! Das ist auch der Grund, warum ich nicht nach Grönland wollte … Ich bin absolut kein Wintermensch, sondern eher ein Sonnenanbeter.«

»Dann bist du ja hier richtig«, brummte der Professor. Sein Blick wanderte zu der goldenen Spitze der Pyramide. »Wahnsinn, so etwas Gigantisches zu bauen. Das muss ja Jahre gedauert haben!«

»Man hat Millionen von Steinblöcken dazu benötigt«, sagte Immanuel.

»Millionen für ein einziges Grab«, sagte Thomas beeindruckt. »Was für ein Aufwand! So ein pompöses Grab hätte ich auch gerne, dann wär ich wenigstens sicher, dass ich nicht so schnell vergessen werde.«

»Mir wär's lieber, ich würde noch eine Weile leben«, entgegnete Melanie.

Benjamin musste wieder an seine Mutter denken, und die Erinnerung an sie stimmte ihn so traurig, dass er gar nichts sagte.

»Ein Pharao wurde als Gott verehrt«, sagte Immanuel. »Das erklärt, warum sich die Ägypter so viel Mühe gegeben haben. Für einen Gott ist nämlich keine Anstrengung zu viel. Aber wir werden sicher mehr erfahren, wenn wir uns unter das Volk mischen. Ich bin neugierig, wie die Stimmung ist und was man so redet. Lasst uns zum Nil hinuntergehen! Seht doch, wie viele Leute schon dort stehen und ungeduldig warten. Der tote Pharao wird mit einem Schiff kommen und sie wollen ihn feierlich empfangen.«

Um zum Fluss zu gelangen, mussten sie sich nach Osten wenden. Immanuel ging voraus.

»Jetzt weiß ich, warum die Ägypter Sandalen trugen«, sagte Benjamin nach wenigen Schritten. Er hielt seinen Fuß hoch, an dem einer von Immanuels nachgemachten ägyptischen Schuhen hing. Es war nur eine Ledersohle mit einer dünnen Schnur, die lose um den Knöchel gebunden wurde. »Wie praktisch! Der Sand rieselt vorne rein und hinten gleich wieder raus.«

»Und falls nicht zufällig ein Skorpion dabei ist, sind solche Schuhe total angenehm«, meinte Melanie. Sie trug als Einzige die Schultern bedeckt. Das gefältelte Kleid reichte bis zu ihren Knöcheln.

»Willst du mir Angst machen?«, fragte Benjamin, den es allmählich ärgerte, dass Melanie immer gleich ihr Wissen anbringen musste. »Ich würde hier sogar barfuß laufen, aber ich will mir nicht die Fußsohlen versengen.«

Melanie hatte keine Lust, sich mit Benjamin zu streiten. Die Tempelanlagen neben der Pyramide interessierten sie viel mehr. Wie tief musste der Glaube der Ägypter an ein Weiterleben nach dem Tode sein, wenn sie solche Bauwerke errichteten!

Am Ufer des Nils hatten sich mittlerweile ungefähr hundert Leute versammelt.

»Die Männer mit den kahlen Köpfen sind Priester«, erklärte Immanuel im Flüsterton. »Sie werden den Leichnam des toten Pharaos in Empfang nehmen und auf seine Reise in die Ewigkeit vorbereiten. Sie werden seinen Körper mumifizieren und nach Abschluss der Zeremonie in der Pyramide beisetzen …«

Als sich die Zeitreisenden den anderen Leuten näherten, ernteten sie ein paar neugierige Blicke, aber niemand schien etwas Ungewöhnliches an ihnen zu finden. »Unsere Kostümierung scheint gut zu sein«, wisperte Immanuel.

»Sogar erstklassig«, meinte Magnus amüsiert.

Sie fanden einen schattigen Platz am Flussufer. Schmutzig braunes Wasser schwappte in leichten Wellen zu ihren Füßen. Viele kleine Mücken tanzten über dem Fluss.

»Ob es hier Krokodile gibt?«, fragte Benjamin, als es im Schilf neben ihnen raschelte. Er hatte die Frage an Melanie gerichtet, schließlich war sie die Tierexpertin.

»Das Nilkrokodil«, zitierte Melanie auch prompt. »*Crocodylus niloticus,* bis zu fünf Meter lang und sehr gefräßig.«

»Wie aufmunternd«, sagte Benjamin.

Das Wasser glitzerte in der Sonne. Flussaufwärts näherten sich ein paar Boote und legten an Land an. Leute stiegen aus, um am Ufer zu warten. Eine Gruppe Tänzerinnen in bunten Kostümen stellte sich auf, daneben probten ein paar Musikerinnen ihren Einsatz. Eine sehr schlanke Frau, ähnlich gekleidet wie Melanie, schüttelte rhythmisch eine Rassel. Eine andere Musikerin stellte ihre fünfsaitige Harfe auf dem Boden ab und fing an, das Instrument zu stimmen.

Die Leute wurden allmählich unruhig. Immer wieder blickten sie nach Süden, in der Hoffnung, dass dort das Schiff mit dem Pharao auftauchte.

Thomas hockte sich in den Sand, suchte ein paar flache Kieselsteine und ließ sie übers Wasser flippen.

»Wow, achtmal, habt ihr das gesehen?«

Eine Gans flog kreischend aus dem Gestrüpp. Major knurrte.

»Das war unser Nilkrokodil«, bemerkte Benjamin. »Benimm dich, Major.«

Immanuel beschattete seine Augen. »Ich glaube, dort vorne kommt sie.«

»Wer?«, fragte Magnus nach.

»Die Totenbarke.«

Jetzt entdeckten auch die anderen den schwarzen Punkt in der Ferne. Genau genommen waren es mehrere Punkte, denn Begleitschiffe erwiesen dem toten Pharao auf dem Weg zu seiner Begräbnisstätte die letzte Ehre.

Der Gottkönig hatte seine Reise ins Jenseits angetreten.

Das Ufer war schwarz vor Menschen, doch von ihrem Platz aus konnten die Zeitreisenden alles gut sehen. Die Musikerinnen schüttelten ihre Rasseln im Takt der Ruderschläge. Der Wind wehte ihren Gesang über das Wasser.

»Heil dir, du Auge des Horus,
wenn du am östlichen Himmel aufsteigst,
erfreust du die Götter …«

Die Schiffe fuhren so dicht am Ufer vorbei, dass Melanie die ernsten Gesichter der Ruderer erkennen konnte. Die Königsbarke hatte einen geschwungenen Bug und an jeder Seite fünf lange Ruder. Palmen- und Papyrusmotive verzierten den Schiffsrumpf. Auf dem Deck aber lag eine Gestalt, die mit Blumen bedeckt war.

»Der tote Pharao«, sagte Immanuel leise.

Benjamin presste die Lippen zusammen. In seinem Kopf entstand ein anderes Bild: ein blumengeschmückter Sarg, der von vier schwarz gekleideten Männern über den Friedhof getragen wurde. Nie im Leben würde er vergessen, wie der Sarg seiner Mutter versenkt worden war … das Geräusch, wie die Erdschollen auf das Holz polterten …

Tränen verschleierten seinen Blick und so sah er nur noch verschwommen, wie das Schiff an ihnen vorüberglitt.

Auf der nächsten Barke standen eine große Frau und ein jüngerer Mann. Schmuck und Gewänder verrieten, dass es sich um höher gestellte Persönlichkeiten handelte. Auch am Schiffsrumpf blitzte Gold auf. Die Barke war ebenfalls mit Blumen geschmückt.

»Die Königin mit ihrem Sohn«, flüsterte Immanuel.

Die Gesichter der beiden drückten tiefe Trauer aus. Die Witwe ließ die Totenbarke des Pharaos nicht aus den Augen. Die Leute am Ufer schien die Königin nicht wahrzunehmen. Auch der Sohn wirkte sehr unglücklich. Er war noch jung, etwa in Melanies Alter.

Danach kamen drei weitere Schiffe, auf denen sich die anderen Angehörigen des Verstorbenen befanden.

Langsam bewegten sich die Fahrzeuge an den Schaulustigen vorüber und drehten dann bei, um vor dem Taltempel anzulegen.

Melanie musste sich jetzt auf die Zehenspitzen stellen, um besser sehen zu können. Glatzköpfige Priester warteten zwischen den Säulen. Die Totenbarke glitt mit der Längsseite vor die schräge Rampe, die vom Tempeleingang ins Wasser führte.

»Das Totenschiff wird später neben der Pyramide in die Erde versenkt werden, damit der Pharao auf seiner Reise durch die Unterwelt ein Fahrzeug hat«, kündigte Immanuel an.

»Man vergräbt ein ganzes Schiff?«, fragte Thomas ungläubig. »Wahnsinn! Ich meine – was für eine Verschwendung!«

»Das können wir wahrscheinlich gar nicht nachvollziehen«, meinte Immanuel. »Aber die Ägypter dachten sehr viel an ihren Tod und an das Weiterleben danach. Sie stellten sich alles genau vor. Für sie war das Jenseits fast wichtiger als das Diesseits. Das ist fast unvorstellbar für uns, weil wir den Tod weitgehend aus unserem Bewusstsein ausklammern. Wir reden uns immer ein, er träfe uns nicht oder höchstens später. Für die Ägypter gehörte der Umgang mit dem Tod zum Alltag.«

Soeben wurde die blumengeschmückte Bahre mit dem toten Pharao aus dem Schiff gehoben und über die Rampe zum Tempel hinaufgetragen. Melanie spürte, wie ihr Mund trocken wurde. Tausende von Ägyptern verfolgten vom Ufer aus das Schauspiel. Der Rhythmus der Rasseln war nun so durchdringend, dass Melanie den Eindruck hatte, die Zeit würde für diesen feierlichen Augenblick angehalten.

»Was geschieht jetzt?«, fragte Benjamin, als die Priester die Totenbahre weggetragen hatten. »Werden wir sehen, wie sie den König in die Pyramide bringen?«

»Wenn du zwei Monate lang hier am Ufer stehen willst, dann ja«, erwiderte Immanuel.

»Was machen die Priester denn so lange mit ihm?«, fragte Thomas.

»Na, die machen ihn natürlich zur Mumie«, antwortete Melanie.

»Das ist zwar ein bisschen salopp ausgedrückt, aber es stimmt«, fuhr der Archäologe fort. »Die Priester werden den toten König nicht so beisetzen, wie er ist. Sein Körper soll vor dem Verfall bewahrt werden. Die Mumifizierung ist eine komplizierte Prozedur. Man wird das Gehirn und die inneren Organe des Pharaos entfernen und in speziellen Krügen – Kanopen genannt – aufbewahren. Dann soll dem Körper das Wasser entzogen werden. Das geschieht durch ein mehrwöchiges Bad in Natronlauge. Anschließend wird der ausgetrocknete Leichnam mit vielen Binden fest umwickelt. Natürlich können sich nur reiche Leute eine solche Behandlung leisten. Die Armen vergraben ihre Toten einfach im Wüstensand. Die heiße Sonne und das trockene Klima sorgen manchmal dafür, dass der Leichnam nicht verwest, sondern austrocknet und hart wie Leder wird.«

»Mir ist schon ganz übel«, klagte Benjamin. Die Hitze und die Feierlichkeiten, vor allem aber die Erinnerung an den Tod seiner Mutter hatten ihm zugesetzt. Außerdem schienen sich die Mücken mit Vorliebe auf ihn zu stürzen. »Ich hab Durst.«

»Wie wär's, wenn wir uns ein bisschen unter die Leute mischen?«, schlug Immanuel vor, ohne auf Benjamins Einwand zu achten. »Ich will wissen, was man sich über den Pharao erzählt. War der Herrscher im Volk wirklich beliebt? Oder galt er als ein Leuteschinder, weil er sich ein so prächtiges Grabmal gewünscht hat? Hatten die Menschen Vertrauen zu ihm? Oder ist die Trauer, die Betrübnis über seinen Tod, nur gespielt und man frohlockt insgeheim? All das möchte ich wahnsinnig gerne herausfinden! Kommt, lasst uns gehen.«

Schnitzeljagd in Memphis

O Hölle!

Dieser Immanuel konnte einem echt auf den Senkel gehen. Ein richtig manischer Typ. Er war regelrecht besessen von dem ganzen Ägyptenkram.

Mir hätte das, was wir gesehen hatten, eigentlich gereicht. Ich meine, schließlich hatten wir uns schon ein paar Stunden lang die Beine in den Bauch gestanden. Mich nervte dieser ganze Totenkult inzwischen ziemlich an. Aber Imho hatte noch lange nicht genug. Er bohrte so lange, bis Onkel Magnus nachgab und wir uns aufmachten, um ein paar Feldstudien zu betreiben.

Wir gerieten prompt ins Gedränge. Die anderen Schaulustigen hatten nämlich ebenfalls gemerkt, dass es auf dem Nil nicht mehr viel zu sehen gab. Ein Teil der Menge wollte zur Pyramide. Der andere Teil wollte in die entgegengesetzte Richtung. Und nur ein Uferweg! Wir mittendrin, logo.

Jetzt bekamen wir richtig Tuchfühlung mit den Ägyptern. Und genau das hatte Imho auch gewollt.

So ein doofer Heini latschte mir auf den Fuß und das dünne Band, mit dem meine Sandale festgebunden war, riss. Als ich den Typen anknurrte, drohte der mir sofort Prügel an. Ich hatte große Lust, ihm eins auf die Nase zu donnern, aber leider sah der Kerl ziemlich kräftig und durchtrainiert aus. Außerdem stank er nach Fusel.

Überhaupt – das war vielleicht ein Geruch! Schweiß, unerträglich süßes Parfüm, aromatische Kräuter und dazu noch Alkohol … Wirklich, eine Duftorgie, bei der einem schlecht werden konnte!

Ich war auch nahe dran, ohnmächtig zu werden. Nur die Angst, dass ich dann von so einer angemalten Tussi abgeschleppt werden könnte, hielt mich auf den Beinen. Weil sie bei mir nicht landen konnten, machten sie sich an den Prof ran. Der fühlte sich noch geschmeichelt!

Zugegeben, zwei von den Frauen sahen gar nicht so übel aus. Sie hatten schwarze Augen und schwarze Haare und bewegten sich auf eine Art, die ein bisschen was von 1001 Nacht hatte. Aber es gefiel mir gar nicht, wie sie meinen Onkel Magnus gleich betatschten.

»Schöner Fremdling, du siehst müde aus.«

»Weißt du schon, wohin du heute Nacht dein Haupt bettest?«

Onkel Magnus grinste blöd. Ich wette, die Frauen haben ihm gefallen, und wenn ich nicht dabei gewesen wäre, wäre er sicher mit einer mitgegangen.

»Ja, ja, wir wissen schon, wo wir heute Nacht schlafen«, hab ich an seiner Stelle geantwortet. »Nämlich zu Hause.«

»Du bist vielleicht ein Spielverderber«, meckerte mich der Prof an, als die Frauen weg waren.

Ich hab ihm erklärt, dass ich auf ihn aufpassen muss – bei seinem Talent, sich auf die falschen Frauen einzulassen. Doch ich glaube, es hat ihm nicht besonders gepasst.

Melanie freute sich, weil sie im Sand ein kleines Nilpferd aus blauem Stein gefunden hatte. Immanuel versicherte ihr, es sei ein Glücksbringer.

»Kann ich brauchen«, meinte Melanie. Und dann war sie so nett, meine Sandale zu reparieren. Dazu pflückte sie ein paar Binsen, flocht daraus eine Schnur und tauschte den zerrissenen Riemen aus. Ich war skeptisch, ob das Band halten würde, aber die geflochtenen Binsen waren tatsächlich ziemlich widerstandsfähig.

Ich fragte Melanie, ob sie mal bei einem Survival-Workshop mitgemacht hatte, weil sie sich so gut zu helfen wusste.

Sie grinste mich an. »Hab ich nicht, aber mein Lieblingsbuch war früher Robinson Crusoe.*«*

Endlich waren wir aus dem schlimmsten Gewühl raus und erreichten ein Gerstenfeld. Dort stand ein grauer Esel, dem Melanie erst einmal den Rücken tätscheln musste. Ich glaube, sie kann an keinem Tier vorbeigehen, ohne es anzufassen. Es würde mich echt interessieren, was sie tut, wenn sie einem Löwen begegnet!

Immanuel dagegen unterhielt sich lieber mit ein paar Ägyptern, die im Schatten eines knorrigen Baums saßen und Brot und ein paar Feigen aßen. Sie machten einen sehr freundlichen Eindruck.

Immanuel schien die Hitze kaum zu spüren, aber wir anderen litten inzwischen sehr. Major ließ die Zunge aus dem Maul hängen und auch ich hatte das Gefühl, gleich zu verdursten. Der Prof klagte über Kopfweh und Melanie hatte auf ihrer kleinen Nase schon einen richtigen Sonnenbrand. Das sah man trotz der Schminke! Thomas wirkte auch so, als wäre er lieber zu Hause und könnte ungestört auf seinem Laptop herumhacken … Kurz, wir alle hatten genug gesehen und wollten heim!

Aber Imho konnte sich einfach nicht trennen …

Melanie streichelte Major, der sich zu ihren Füßen niedergelegt hatte. Zwischen den beiden war inzwischen so etwas wie eine Freundschaft entstanden, aber Melanie hatte ohnehin eine gute Hand für Tiere. Nachdenklich kraulte sie Major zwischen den Ohren und drehte sich ab und zu nach Immanuel um, der sich noch immer mit der ägyptischen Familie unterhielt.

Die Cheopspyramide überragte alles. Immer wieder zog sie die Blicke der Zeitreisenden auf sich. Melanie starrte auf die goldene Spitze. Sie hatte das Gefühl, dass man regelrecht hypnotisiert wurde, wenn man länger hinsah.

Magnus Ambrosius schien ihre Gedanken zu lesen. »Ein Grabmal, das für die Ewigkeit gebaut worden ist«, murmelte er. »Unvergänglich. Jeder wird sich an Cheops erinnern, noch lange nach seinem Tod ...«

»Das Ding sieht eigentlich bombenfest aus«, meinte Benjamin. »Mir ist schleierhaft, wie man die Pyramide später ausplündern konnte.«

»Zweifellos war auch der Pharao davon überzeugt, dass niemand sein Grab anrühren wird«, sagte Professor Ambrosius. »Irgendwie ist es den Räubern schließlich doch gelungen.«

»Dann müssen sie Dynamit verwendet haben«, bemerkte Benjamin.

»Quatsch«, sagte Melanie sogleich. »Dynamit wurde erst viel später erfunden. Im neunzehnten Jahrhundert. Ist doch bekannt.«

Benjamin ließ sich nicht beirren. »Vielleicht haben die Ägypter einen anderen Sprengstoff entdeckt. Rein zufällig. Ein altes Mütterchen kocht, hat einen schlechten Tag und mengt die falschen Gewürze bei. Statt ein prima Mittagessen zu kriegen, fliegt allen der Topf um die Ohren! ›Klasse, Mutter‹, sagt der Sohn, ›noch mal das Ganze und pack mir's ein; dann geh ich los, die Pyramide ausrauben.‹«

Melanie stöhnte.

»Manchmal wünsche ich mir, du würdest etwas mehr Interesse an Chemie zeigen«, meinte Magnus, brach aber sofort ab, weil er damit ein heikles Thema berührte. »Immanuel kann dir sicher sagen, wie es den Grabräubern gelungen ist, die Pyramiden aufzubrechen«, fuhr er kurz darauf fort, während er abwechselnd seine Beine ausstreckte. Er war es nicht gewohnt, lange auf dem Boden zu kauern.

»Worüber unterhält er sich nur mit den Leuten?«, fragte Thomas und beschirmte seine Augen. »Er scheint sich ja prächtig mit ihnen zu verstehen.«

Endlich kam Imho herbei. Er strahlte.

»Gerade hab ich erfahren, dass man in Memphis hervorragend essen kann. Lasst uns in diese Stadt gehen! Sie ist einer der bedeutendsten Orte Ägyptens, ich muss sie unbedingt sehen. Ich würde es mir nie verzeihen, wenn ich diese einmalige Gelegenheit verpassen würde.«

Dagegen konnte Magnus schlecht etwas einwenden, obwohl die anderen die Gesichter verzogen. »Wie weit ist es bis Memphis?«, fragte er.

»Ach, ein Katzensprung«, antwortete Immanuel. »Höchstens ein paar Kilometer.«

Selbst der Professor hatte keine Lust, unter der sengenden Sonne Ägyptens noch kilometerweit zu laufen. »Wir werden die Zeitmaschine nehmen. Aber nicht hier. Wir müssen unbeobachtet sein. – Gehen wir dort hinüber!«

»Ich frage mich, warum er ihm jeden Wunsch erfüllt«, beschwerte sich Benjamin leise bei Melanie, als sie zu der Baumgruppe am Ende des Gerstenfelds gingen.

»Das weiß dein Onkel sicher am besten«, antwortete das Mädchen.

»Gut, er ist ein alter Schulfreund und hat einen Riesenfrust. Aber müssen wir deswegen denn jetzt ständig nach seiner Pfeife tanzen?«

Melanie blieb stehen und fixierte Benjamin. »Okay, ich verstehe, dass dich das besonders ärgert. Normalerweise bist du für deinen Onkel die Nummer eins und der Prof tanzt nach *deiner* Pfeife. Seit wir da sind, musst du einige Abstriche machen und jetzt, wo Immanuel aufgetaucht ist, hast du Angst, dass er dir den Rang abläuft.«

Benjamin ärgerte sich. Das war nicht die Antwort gewesen, die er hatte hören wollen.

»Ich begreife wirklich nicht, warum du dauernd meckerst«, sagte Melanie. »Ich finde es hier sehr interessant.«

»Ich finde es hier nur unerträglich heiß«, sagte Benjamin schnippisch.

»Weil du nichts gewohnt bist. Du bist ein Stubenhocker, tüftelst endlos zu Hause rum und vergräbst dich in deinem Kummer. Wahrscheinlich hast du kaum Freunde und dein Lebensinhalt besteht darin, euren Haushalt zu automatisieren.«

»Ich mag es nicht, wenn du so mit mir redest.«

»Und ich mag es nicht, wenn sich einer dauernd selbst bemitleidet. Schau endlich vorwärts, Benjamin!« Damit drehte sich Melanie um und ging weiter.

»Pffft.« Beleidigt stapfte Benjamin hinter ihr her. Manchmal hatte er große Lust, sie auf den Mond zu schießen, obwohl er sie gleichzeitig auch bewunderte. Melanie war intelligent und selbstbewusst, aber sie konnte auch sehr arrogant und kaltschnäuzig sein. Wenn sie anfing, jemanden psychologisch auseinander zu nehmen, dann verabscheute er sie geradezu.

Als die Zeitreisenden die Baumgruppe erreichten, entdeckten sie, dass sie doch nicht ganz ungestört waren. Ein Ochse war an einem Stamm angebunden. Er unterbrach das Grasabrupfen, um die Ankömmlinge gelangweilt zu betrachten. Doch wenig später bekam er einen starren Blick und wich zurück, soweit sein Strick es zuließ.

Die Luft flimmerte in allen Regenbogenfarben und die Umrisse der Zeitmaschine tauchten auf. Kurz darauf stand das Gefährt vor ihnen.

»Toll«, sagte Immanuel. »Funktioniert das immer, Magnus? Kannst du deine Zeitmaschine wirklich jederzeit an jeden Ort holen?«

»Soweit ich sie ausprobiert habe – ja.« Der Professor steckte die Fernbedienung wieder an seinen Gürtel.

Als die Zeitreisenden in die Maschine einstiegen, fragte Archie munter: »Volle Kraft nach Hause, Meister?«

»Noch nicht«, sagte Magnus. »Zuvor wollen wir noch die Stadt Memphis besichtigen.«

»Ohne Zeitsprung«, betonte Immanuel.

»Geht in Ordnung«, sagte Archie. »Eine Sekunde.« Auf dem Bildschirm erschien eine Landkarte. Ein Leuchtpunkt wanderte nach Süden, dann erschien eine Schrift: MEMPHIS.

»Das Ziel ist einprogrammiert«, verkündete Archie.

»Dann mal los«, befahl Magnus und die Einstiegsluke schloss sich.

Es schien sich kaum etwas zu verändern, doch als Melanie aus einem der Fenster blickte, war die Pyramide verschwunden. Der Ochse dagegen war noch da, daneben wartete ein zweiter. Melanie runzelte verwirrt die Stirn. Dann begriff sie, dass Archie einen ähnlichen Platz ausgesucht hatte, um ungestört landen zu können.

Durch das gegenüberliegende Fenster sah man einige Gebäude, umgeben von üppigen Palmen.

»Wie in einem Reiseprospekt.« Immanuel war begeistert. »Memphis, du wunderschöne Stadt, endlich lerne ich dich kennen!«

Benjamin tippte sich an die Stirn und grinste Thomas an.

»Im einundzwanzigsten Jahrhundert wird es von all dem nur noch ein paar kümmerliche Reste geben«, kündigte Immanuel an. »Los, lasst uns aussteigen.«

»Ich hab's satt!«, beschwerte sich Benjamin. »Ägypten kann mir gestohlen bleiben. Ich hab die Nase voll!« Er setzte sich auf ein Mauerstück, schleuderte die Sandalen von den Füßen und machte ein grimmiges Gesicht. »Jetzt latschen wir schon mindestens drei Stunden durch die Gegend, gucken Säulen an, Statuen und Inschriften und der Einzige, der vor Begeisterung fast ausflippt, ist Immanuel!«

Thomas nahm neben seinem Freund Platz. Sein Schwung war ebenfalls erlahmt. Vor gut einer Stunde hatten sich die drei Jugendlichen von den beiden Männern getrennt. Magnus Ambrosius machte Immanuels Besichtigungstour aus Freundschaftsgründen weiterhin mit, während sich Melanie, Benjamin und Thomas einen schattigen Platz unter ein paar Palmen gesucht hatten. Dort waren sie jedoch bald von einigen dicken Ägypterinnen vertrieben worden, die offenbar die Stelle als Treffpunkt benutzten. Ein halbes Dutzend kleiner Nackedeis war kreischend um die Bäume gerannt und hatte Fangen und Verstecken gespielt. Dann hatten die Bengel Major entdeckt und ihm so lange zugesetzt, bis Major bei Benjamin Schutz gesucht hatte.

In der Hoffnung, ein geeignetes Ruheplätzchen zu finden, waren Thomas, Melanie und Benjamin lange durch Memphis' Gassen geirrt. Jetzt hatten sie alle genug.

»Ich werde keinen Schritt mehr weitergehen«, verkündete Benjamin, zog die Beine hoch und kratzte sich an einem Mückenstich an der Wade. »Dieser ganze Marsch ist schlimmer als ein Schulausflug. Ich weiß noch, wie uns letztes Jahr unser Klassenlehrer zu diesen römischen Ruinen geführt hat. Stundenlang mussten wir dann im Museum die antiken Scherben anschauen. Grauenhaft! Aber das war ein Klacks gegen heute. Ich bin schon fast so ausgetrocknet wie eine Mumie!« Er griff sich an seine Kehle und deutete an, dass er schon wieder kurz vor dem Verdursten war. Unterwegs hatten sie einmal aus einem Brunnen Wasser geschöpft, sonst hätten sie es gar nicht ausgehalten. Melanie hatte sie natürlich warnen müssen. »Wer weiß, ob das Wasser sauber ist. Vielleicht ist es verseucht und wir bekommen alle Cholera …«

Sie hatten es trotzdem riskiert, der Durst war zu groß gewesen.

»Hoffentlich findet Imho nachher das Gasthaus, von dem er gesprochen hat«, sagte Thomas.

Der Archäologe hatte vor lauter Begeisterung jedes Hunger- oder Durstgefühl verdrängt.

Dass er in einer echten altägyptischen Stadt war, faszinierte ihn ungeheuer. Alle paar Minuten hatte er betont, wie sehr es ihm gefiel und wie sehr er sich in dieser Kultur heimisch fühlte.

Auch Melanie, Benjamin und Thomas waren von dem Marktplatz entzückt gewesen. Es gab unzählige Blumen-, Gewürz- und Gemüsestände. An manchen Hausecken saßen Schreiber, die für ihre Kunden Briefe auf Papyrus schrieben. Magnus hatte Immanuel nur mit Mühe davon abhalten können, selbst einen Schreiber zu beauftragen, um den Brief als Souvenir mit nach Hause zu nehmen.

»Damit könnten wir möglicherweise die Vergangenheit ändern«, hatte der Prof seinen Freund gewarnt. »Wir dürfen so wenig wie möglich eingreifen. Vielleicht ist gerade dieser Papyrus für ein anderes wichtiges Schreiben bestimmt …«

Immanuel war skeptisch. »Glaubst du im Ernst, dass so eine Kleinigkeit den Geschichtsablauf beeinflussen kann?«

»Gut möglich«, hatte Magnus geantwortet.

Melanie konnte sich auch in solche Sachen reinsteigern. Wie würde das einundzwanzigste Jahrhundert aussehen, wenn wir hier versehentlich einen Grashalm umknicken oder eine Mücke umbringen würden? Das war für sie eine richtige Denksportaufgabe.

Thomas, der große Computerexperte, behauptete, es gebe Computerprogramme, die so was simulieren könnten. Das menschliche Gehirn könnte sich das gar nicht vorstellen, weil es linear denken würde, also nur immer Ursache – Folge, Ursache – Folge. Solche Prozesse wie Vergangenheitsänderung würden aber vernetztes Denken erfordern und das könnten die meisten Menschen nicht. Das eine sei wie ein Kanal, das andere aber wie ein ganzes Wassersystem mit Nebenkanälen und

Gräben und allerkleinsten Rinnsalen. Und Computer könnten so etwas prima, weil sie eben verschiedene Möglichkeiten gleichzeitig berechnen könnten, während es dem normalen Menschen schon schwer falle, zwei Dinge gleichzeitig zu denken.

Bald haben sich nur noch Melanie und Thomas darüber unterhalten. Mir war die Sache irgendwie zu hoch. Ich konnte mir jedenfalls nicht vorstellen, dass sich wegen eines einzigen Grashalms gleich die ganze Menschheitsgeschichte ändert.

Melanie versuchte, es mir zu verdeutlichen.

»Angenommen, du reißt achtlos einen Grashalm ab. An dem Grashalm hat gerade ein Insekt seine Eier abgelegt und eines seiner Nachkommen wird einen Menschen stechen, der dann an der Infektion stirbt. Das war vielleicht ein böser Mensch, der vorhatte, den Pharao zu ermorden, doch weil das Insekt ihn gestochen hat, konnte er seinen Plan nicht mehr ausführen. Aber weil du den Grashalm abgerissen hast, werden keine Insekten aus den Eiern schlüpfen, der böse Mensch wird nicht gestochen werden und kann deswegen seelenruhig seinen finsteren Mordplan in die Tat umsetzen. Der Pharao wird sterben, ein anderer kommt an die Macht, schon haben wir die Geschichte geändert.«

Ehrlich, das schien mir ziemlich weit hergeholt!

Viel mehr als die Vergangenheitsänderung interessierte es mich, ob Melanie Recht hatte, was das verseuchte Wasser anging. Würden wir tatsächlich die Cholera kriegen? In meinem Bauch gluckerte es nämlich schon ganz verdächtig. Ich hatte keine Lust auf Bauchgrimmen und darauf, dass wir hier in Ägypten elend krank wurden. Die ärztliche Versorgung war bestimmt nicht besonders gut, obwohl Immanuel behauptet hatte, die alten Ägypter seien schon erstaunlich weit gewesen, was die Medizin betreffe.

Wir hingen also eine ganze Weile auf diesem Mäuerchen herum und warteten eigentlich nur darauf, dass die Sonne unterging. Denn dann wollten wir uns mit Onkel Magnus und Immanuel am Hafen treffen.

So hatten wir es verabredet, doch wer kam nicht?

Wir waren jedenfalls pünktlich zur Stelle ...

Der Himmel war im Westen glutrot. Die Sonne ging unter, aber weder Magnus noch Immanuel waren am vereinbarten Treffpunkt erschienen. Im Hafen dümpelten ein paar Fischerboote und am Ufer spielten zwei Kinder in einer Schlammpfütze.

»Vielleicht warten wir am falschen Platz«, meinte Thomas.

Melanie hatte gerade eine Schwalbe beobachtet, die dicht über dem Wasser segelte, sich am Ufer ein Schlammkügelchen holte und damit davonflog. Das Ausbleiben der Männer beunruhigte Melanie genau wie die beiden anderen.

»Wenn sie nicht bald auftauchen, muss Major sie suchen«, sagte Benjamin. »Er hat schließlich die beste Spürnase von uns.«

Da entdeckte Melanie in der Ferne eine Gestalt. »Dort kommt jemand«, sagte sie. »Ich glaube, es ist der Prof.«

»Sicher?«, fragte Benjamin.

»Denke schon. Aber er ist allein.« Dann fügte Melanie hinzu: »Und er schwankt wie ein altes Kamel.«

Es war nicht übertrieben. Der Professor näherte sich ihnen in Schlangenlinien. Er hatte sichtlich Mühe, das Gleichgewicht zu halten. Von Immanuel dagegen war weit und breit nichts zu sehen.

»Stockbesoffen«, regte sich Benjamin auf. »Wenn ich das gewusst hätte, hätte ich ihn keine Sekunde aus den Augen gelassen! – Pfui, Onkel Magnus, in welcher Kneipe bist du gewesen?«

Doch Magnus Ambrosius war nicht in der Lage, eine vernünftige Antwort zu geben. Thomas und Benjamin packten ihn links und rechts an den Armen und führten ihn zu einem großen Stein, auf den er sich setzen konnte.

»Ein Wunder, dass er in seinem Zustand überhaupt hergefunden hat«, meinte Thomas.

»Er hätte in den Nil fallen können und keiner hätte es gemerkt«, murmelte Benjamin düster und rüttelte seinen Onkel. »He, Onkelchen, das find ich nicht besonders gut. Was ist los mit dir? Kannst du mich wenigstens hören?«

Der Professor stöhnte.

Benjamin wedelte mit der Hand durch die Luft. »Puh, was für eine Fahne!« Er beugte sich zu ihm und brüllte ihm ins Ohr: »Wo ist Immanuel? Verstehst du mich, Onkel Magnus? Wo hast du deinen Freund gelassen?«

»Welchen … welchen Freund?«, lallte Magnus.

Benjamin und Melanie wechselten einen Blick.

»Weißt du noch, wer du bist?«, fragte Benjamin.

»Äh … ich bin … Dr. Magnus Ambrosius, Professor der Physik …«

»Wenigstens das weiß er noch«, sagte Benjamin zu Melanie.

»… und ein Idiot.«

»Wie bitte?« Benjamin war sicher, dass er sich verhört hatte.

»Ich bin ein Idiot«, wiederholte der Professor mit einer Stimme, die schon wesentlich klarer war als zuvor. »Ich bin auf meinen alten Freund hereingefallen. Wie konnte ich nur so blauäugig sein! Es wäre eine gerechte Strafe für mich, den Rest meines Lebens damit zu verbringen, jede Woche einmal die Pyramide abzukehren!«

Magnus hantierte umständlich an seinem Lendenschurz und brachte ein zusammengerolltes Papyrusstück zum Vorschein. »Hier. Immanuel ist doch zu einem Schreiber gegangen! Lest es selbst!«

Melanie starrte ratlos auf die Hieroglyphen und reichte das Schreiben schließlich stumm an Thomas weiter. Dieser schüttelte nur den Kopf.

»Tut mir Leid, ich kann's nicht entziffern. Mit meinem Computer würde es vielleicht gehen, der kennt etliche Geheimcodes ...«

Magnus richtete sich auf, nahm ihm den Papyrus ab und tippte mit dem Zeigefinger auf die Hieroglyphen. »Hier steht deutlich: DER WIRT VOM SILBERNEN LÖWEN WIRD DICH BEGLÜCKEN.«

Benjamin schüttelte den Kopf, sah Melanie unsicher an und beugte sich dann über das Schriftstück. Er konnte kaum noch etwas erkennen, so dunkel war es inzwischen. »Tja, wenn man genau hinschaut, kann man's wirklich lesen. Es könnte allerdings genauso gut heißen: RETTE SICH, WER KANN! oder MORGEN WIRD ES REGNEN.«

»Es heißt DER WIRT VOM SILBERNEN LÖWEN WIRD DICH BEGLÜCKEN«, wiederholte Magnus hartnäckig. »Ich habe mir den Text nämlich von einem Schreiber vorlesen lassen.«

Dann erzählte er stockend, was passiert war. »Immanuel hat mich in eine Schenke geschleppt. Wir müssten unbedingt den vorzüglichen ägyptischen Wein probieren, hat er gemeint.«

»Den habt ihr nicht nur probiert«, stellte Benjamin richtig. »Ihr müsst regelrecht gesoffen haben.«

Der Professor stritt es nicht ab. »O ja«, gab er zu. »Der Wein war wirklich gut. Immanuel muss mir immer wieder heimlich nachgeschenkt haben. Irgendwann bin ich dann in der Schenke eingeschlafen. Als ich wieder aufgewacht bin, war Imho fort.«

»Das war Absicht«, sagte Benjamin. Melanie und Thomas nickten zustimmend.

»Das hab ich inzwischen auch kapiert«, sagte Magnus. »Immanuel hat sich abgesetzt. Vermutlich meine Schuld.« Er seufzte. »Er wollte nicht ins einundzwanzigste Jahrhundert zurückkehren. ›Das kannst du nicht machen‹, hab ich zu ihm gesagt. ›Warum nicht?‹, hat er gefragt. Darauf ist mir keine vernünftige Antwort eingefallen. ›Es geht einfach nicht‹, hab ich nur gesagt.«

»Und dann hat er dir bewiesen, dass es doch geht«, meinte Benjamin.

Magnus nickte. »Genau. Er hat mich einfach in der Schenke sitzen gelassen. Als ich sie verließ, überreichte mir ein kleiner Junge diesen Papyrus. Bevor ich nachfragen konnte, war der Dreikäsehoch schon weg. Natürlich kann ich keine Hieroglyphen lesen, aber glücklicherweise saß an der nächsten Ecke ein Schreiber. Der hat mir den Text dann vorgelesen.«

»Jetzt hält sich Immanuel wahrscheinlich irgendwo in Memphis versteckt«, überlegte Thomas.

»Ja, aber ich kapiere die komische Nachricht nicht, die er uns hinterlassen hat«, sagte Benjamin. »Womit soll uns der Wirt vom *Silbernen Löwen* beglücken? Es wär doch widersinnig, wenn Immanuel erst verschwindet und dann im *Silbernen Löwen* auf uns wartet. ›Huhu, war nur ein kleiner Spaß, ich wollte ausprobieren, ob ihr Angst habt …‹«

»Das passt nicht zu Imho«, stimmte Magnus ihm bei. »Solche Scherze macht er nicht. Trotzdem. Er kann nicht einfach in dieser Stadt bleiben. Ihr müsst mir helfen, ihn zu suchen.«

»Na ja, zum Glück hat er nicht die Zeitmaschine genommen, um zu verduften«, sagte Benjamin.

Magnus starrte ihn an. Dann tastete er panikartig nach seinem Gürtel und ließ wie gelähmt die Hände sinken. »Die Fernbedienung ist weg.«

»Nein!«, stieß Melanie aus. Bedeutete das, dass sie schon wieder in einer fremden Zeit festsaßen?

»Was für ein Freund«, sagte Magnus bitter. »Er macht mich betrunken, klaut mir die Fernbedienung und verschwindet dann mit meiner Zeitmaschine. Ich wollte ihm neuen Lebensmut geben, ihm einen Gefallen tun … Und was ist der Dank?«

Sie schwiegen. Jeder machte sich Gedanken über Immanuel. Konnte man sich wirklich so in einem Menschen täuschen?

»Der Papyrus«, erinnerte Melanie, »der muss doch irgendwie einen Sinn ergeben …«

»Du hast Recht.« Magnus kam mühsam auf die Beine. Noch immer war er nicht ganz standfest, der Alkohol setzte ihm sehr zu. »Wir müssen diesen *Silbernen Löwen* finden. Am besten, wir fragen uns durch.«

Melanie und Benjamin hakten ihren Professor links und rechts unter, während Thomas mit Major vorausging. Unter einer Sykomore kauerte ein Bettler. Er döste vor sich hin. Thomas tippte ihm auf die Schulter.

Der Mann zuckte zusammen. Als er den Kopf hob, sah Thomas, dass sein Gesicht entstellt war und er nur noch ein Auge hatte.

»Wie komme ich zum *Silbernen Löwen?*«

»Den Fluss entlang, die dritte Straße rechts und dann geradeaus. Schließlich gelangst du zu einer Gasse, die so dunkel ist, dass nicht einmal Re sie erhellen kann. Am Ende dieser Gasse ist der *Silberne Löwe* ...« Die Stimme des Alten klang brüchig. »Ich würde allerdings keinem raten, nachts allein dorthin zu gehen.«

»Danke.«

»Eine milde Gabe ...« Der Bettler streckte seine Hand aus.

Thomas wühlte in seinen Taschen, fand aber nur ein Zwei-Euro-Stück. Er zögerte. Angenommen, er drückte dem Bettler dieses Geldstück in die Finger, dann würden die Archäologen in viereinhalbtausend Jahren große Probleme bekommen. Ein Euro im alten Ägypten – das würde sich niemand erklären können!

»Eine Gabe, Herr, ich hab fünf hungrige Kinder ...«

Melanie kam Thomas zu Hilfe. »Wir haben kein Geld, aber dies hier soll dir Glück bringen.« Und sie gab dem Bettler das blaue Nilpferd.

Sie hätte niemals damit gerechnet, dass er darauf so ärgerlich reagieren würde. Er schlug es ihr aus der Hand und das Nilpferd flog in hohem Bogen durch die Luft.

»Ein Nilpferd? Willst du mich verhöhnen?« Er drohte ihr mit der Faust. »Durch ein Nilpferd hab ich mein Auge verloren.«

»Tut mir Leid«, stammelte Melanie. »Das hab ich nicht gewusst ...«

Sie war so zerknirscht, dass sich der Bettler beruhigte.

»Das Nilpferd hat mein Boot gerammt«, erzählte er. »Ich kenterte und wäre fast ertrunken. Ein Ruder traf mich unglücklich am Kopf. Leute am Ufer haben mich aus dem Wasser gezogen und gerettet.« Er seufzte. »Ich frage mich, ob das so gut war. Jetzt sitze ich hier, verarmt, habe nur noch ein Auge und bin zum Betteln verdammt, während mich im Jenseits vielleicht ein besseres Leben erwartet hätte …«

Melanie hätte dem Bettler gerne geholfen, aber sie wusste nicht, wie sie sein Leid mildern konnte. Außerdem mussten sie weiter. Sie löste ihre Ohrstecker – sie waren aus Silber – und gab sie dem Bettler.

»Hier. Mehr hab ich nicht.«

Der Alte bedankte sich überschwänglich.

»Das hättest du nicht tun sollen«, meinte Magnus tadelnd, als sie weitergingen. »Jetzt bleiben Dinge von uns in der Vergangenheit. Wir hinterlassen Spuren. Das gibt ein Durcheinander.«

Aber Melanie, die sich noch kurz zuvor so plastisch die Gefahren der Geschichtsänderung ausgemalt hatte, schüttelte den Kopf. »Das ist ganz allein meine Sache. Der arme Kerl muss für fünf Kinder sorgen … Wozu brauche ich hier meine Ohrstecker!«

Magnus Ambrosius schwieg, aber alle spürten, dass es ihm trotzdem nicht passte, was Melanie getan hatte.

»Ohne Geld werden wir hier nicht weit kommen«, sagte Thomas. »Wenn wir länger bleiben, müssen wir uns etwas einfallen lassen.«

»Ich hab nicht vor, länger zu bleiben«, sagte der Professor. Er war jetzt knurrig. »Sobald wir Imho gefunden haben, geht's ab nach Hause.«

»Ohne Zeitmaschine?«, fragte Benjamin spitz.

»Reiz mich nicht, mein allerliebster Neffe«, fauchte Magnus ihn gleich an.

»Da sieht man's wieder mal: Alkohol macht aggressiv«, entgegnete Benjamin. »Normalerweise ist er die Geduld in Person. – Womit habt ihr vorhin eigentlich bezahlt? Oder habt ihr den Wein umsonst gekriegt?«

»Imho hat dem Wirt einen Kupferring gegeben«, antwortete Professor Ambrosius.

»Hat man hier keine Münzen?«, erkundigte sich Melanie.

»Von Imho hab ich erfahren, dass noch viel getauscht wird. Aber man kann auch mit Getreide bezahlen oder mit Kupfer und Silber. Es gibt Kupferdeben und Silberseniu. Das sind aber nur Metallstücke, keine richtigen Münzen. Bei Getreide wird nach Säcken gerechnet.«

Thomas hatte inzwischen nach dem richtigen Weg Ausschau gehalten. »Hier geht's lang.«

Sie bogen nach rechts ab. Die Straße war eng und die Häuser standen dicht gedrängt. Unrat sammelte sich an beiden Seiten. Es stank nach fauligem Fisch. Der Geruch schien sich zwischen den Häusern regelrecht zu stauen.

Benjamin hielt sich die Nase zu. »Das ist ja nicht zum Aushalten!«

Auch die Insekten waren aufdringlich. Immer wieder summten Mücken um ihre Köpfe. Die nächste Gasse war so düster, dass die Zeitreisenden nicht mehr sehen konnten, wohin sie ihre Füße setzten. Nur aus manchen Fensteröffnungen schimmerte ein matter Lichtschein.

»Hier ist es unheimlich«, sagte Melanie und sprach damit aus, was alle dachten. In dieser Gasse konnte leicht ein Mord passieren, ohne dass jemand etwas davon bemerkte.

»Gut, dass Major dabei ist«, meinte Benjamin.

Eben tauchte aus einem seitlichen Durchgang, der höchstens einen halben Meter breit war, eine bucklige Gestalt auf. Die blitzenden Augen fixierten die Zeitreisenden sekundenlang, dann verschwand das Gesicht wieder und wurde eins mit der Dunkelheit.

»Ich hab mich vielleicht erschrocken«, gestand Melanie.

Benjamin war es genauso ergangen. »Eine richtige Geistergasse.«

Eines der nächsten Häuser war hell erleuchtet. Eine Frau trat aus der Tür und stellte sich dem Professor in den Weg.

»Wohin gehst du, schöner Mann?«

Magnus wollte sie ignorieren, doch sie hielt ihn am Arm fest. Ihre Augen waren dunkel umrahmt und auch Melanie, Thomas und Benjamin sahen, wie schön sie war.

»Ich glaube nicht, dass wir dasselbe Ziel haben«, sagte Magnus höflich.

»Warum gleich so abweisend?«, fragte die Frau. »Hast du kein Geld?«

»Ja, das auch.«

»Aber du siehst wohlhabend aus, bist gut genährt und hast gesunde Zähne. Und so schönes Haar …« Sie wollte es berühren, aber Magnus wich aus.

»Gehören diese Leute zu dir?«

»Ja.«

»Deine Kinder?«

»Nicht direkt …«

»Ah.« Ihr Blick blieb an Melanie hängen. »Deine Freundin …«

»Es ist nicht so, wie du denkst«, sagte Magnus. »Viel zu kompliziert, es jetzt zu erklären. Du würdest es außerdem nicht verstehen. Und wir haben jetzt auch gar keine Zeit.«

»Sehr schade«, erwiderte die Frau. »Aber vielleicht überlegst du es dir noch anders. Dann weißt du ja, wo du mich finden kannst. Frag einfach nach Isis.« Sie lächelte Magnus noch einmal an und verschwand wieder im Hauseingang.

Der Professor räusperte sich. »Nun ja … dann lasst uns mal weitergehen.«

Schon von weitem hörten die Zeitreisenden das Stimmengewirr und Gegröle, das zweifellos aus einem Gasthaus stammte. Zwei sichtlich angetrunkene Ägypter kamen ihnen entgegen. Der rechte stieß den linken an und gluckste:

»Schau dir die Typen dort drüben an! Die sind doch nicht ganz echt! Wie die rumlaufen!«

»Halt's Maul«, zischte der andere ihn an. »Sieht du nicht den Hund, der bei ihnen ist? Vielleicht gehören sie ja zur Geheimpolizei des Pharaos!«

Die beiden grüßten betont höflich. Die Zeitreisenden erwiderten den Gruß. Als Benjamin sich umdrehte, waren die beiden Männer stehen geblieben und starrten ihnen mit offenen Mündern nach. Einer hielt sich am anderen fest.

»Irgendwie scheinen wir aufzufallen«, meinte Magnus. »Ob unsere Klamotten doch nicht ganz stilecht sind?«

Nach ungefähr fünfzig Metern hatten sie das Ende der Gasse erreicht.

»Hier. Wir sind richtig.« Thomas deutete hinauf. Über ihren Köpfen war ein Löwenkopf an eine Hausmauer gepinselt, nicht silbern, sondern eher grau. Die Farbe war schon sehr verblasst. Das

Gasthaus machte insgesamt einen sehr schäbigen Eindruck. Viele Lehmziegel waren locker. Das Haus sah so aus, als würde es beim nächsten Unwetter einstürzen.

Selbst Magnus musste sich einen Ruck geben. »Wir müssen leider da rein, es führt kein Weg daran vorbei.«

Sie betraten die Gaststube. Drinnen war der Gestank fast noch schlimmer als auf der Straße. Es roch nach ranzigem Öl, nach Fisch und Schweiß. Der kleine Raum war voller Leute.

»Gerstenbier gefällig?«, knurrte der Wirt. Er hatte ein schwammiges Gesicht, stand hinter einem roh gezimmerten Holztisch und hantierte mit einigen Tonkrügen. Als er Major entdeckte, sagte er sofort: »Hunde dürfen hier nicht rein. Bringt das Biest nach draußen. Dort kann es sich mit den Ratten vergnügen, davon gibt es mehr als genug.«

Magnus ignorierte die Bemerkung. »Ist dies hier der *Silberne Löwe?*«

»Klar«, antwortete der Wirt. Seine Nase sah aus wie ein platt gedrückter Apfel. »Was hast du denn gedacht, wo du bist? Etwa im *Goldenen Krokodil?*«

Ein paar Gäste brüllten vor Lachen.

»Im *Goldenen Krokodil* ist das Bier dreimal so teuer wie hier«, rief einer.

»Und man wird doppelt so oft betrogen«, fiel ein Zweiter ein.

Wieder lachten die Männer.

»Wenn du der Wirt des *Silbernen Löwen* bist, dann bin ich bei dir richtig«, sagte Magnus, stützte seine Ellbogen auf die Theke und grinste den Wirt an.

»Bei mir?«

»Ja. Du sollst mir doch etwas ausrichten.«

»Ich weiß von nichts!«

»Vielleicht auch etwas geben ...«

»Spinnst du?«

Magnus wurde ernst. »Aber es war heute Nachmittag ein Mann namens Immanuel bei dir. Hat er nichts für mich hinterlassen, eine Botschaft oder so?«

»Immanuel? Nein, tut mir Leid.« Der Wirt schüttelte den Kopf. »Vielleicht solltest du es doch im *Goldenen Krokodil* versuchen.«

»Ich hab's ja gewusst«, sagte Benjamin leise zu Melanie. »Immanuel hat uns zum Narren gehalten. Der ist mit der Zeitmaschine auf und davon und wir können sehen, wo wir bleiben.«

»So ein Mistkerl«, zischte Melanie.

Da schlug sich der Wirt plötzlich an die Stirn. »Ach, jetzt fällt's mir ein. Ja, ich hab doch was für dich. Fang!« Er griff hinter sich. Gleich darauf sauste etwas durch die Luft, an Magnus' Kopf vorbei. Thomas reagierte geistesgegenwärtig und erwischte die Fernbedienung noch, bevor sie auf dem Boden aufschlug.

»Puh, das war knapp.«

Magnus schloss gequält die Augen. »Die letzte Fernbedienung hat Merlin zertreten. Dies ist mein Ersatz. Abgesehen davon, dass ich keine Lust habe, ständig neue Fernbedienungen zu kaufen und dann umzubauen – wenn das Ding jetzt kaputtgegangen wäre, würden wir alt aussehen!«

»Da ist noch etwas«, sagte der Wirt und schon flog das zweite Teil durch die Luft. Diesmal fing Melanie es auf. Es war ein Stück Papyrus, mit einer Schnur zusammengewickelt.

»Mach's auf«, sagte Magnus.

Melanie streifte die Schnur und rollte den Papyrus auf. Darauf stand in ungelenker Handschrift:

SUCHT NICHT NACH MIR.
ES IST VERGEBENS.
IMMANUEL

Wie man mit einer KI diskutiert

Onkel Magnus kann total stur sein. Ich hätte den Archäologen einfach in der Vergangenheit gelassen. Wenn Immanuel es unbedingt wollte … Schließlich war es sein Leben!

Aber der Prof dachte anders darüber.

»Glaubt ihr, ich lasse es zu, dass Immanuel in der Vergangenheit bleibt und weiß der Kuckuck was für Verrücktheiten anstellt? Das wäre vollkommen verantwortungslos! Ich hab ihn ins alte Ägypten gebracht und ich werde ihn auch wieder zurück ins einundzwanzigste Jahrhundert bringen!«

Ich bin sicher, dass sich Onkel Magnus riesig geärgert hat, weil er sich von Immanuel so hat übervorteilen lassen. Das konnte er nicht auf sich sitzen lassen.

Also hatte er beschlossen, alles zu unternehmen, um Immanuel wiederzufinden. Aber wie sollte man einen einzelnen Menschen finden, wenn man nicht wusste, in welchem Jahr oder in welcher Gegend er sich abgesetzt hatte?

Doch der Prof behauptete, dass es einen Zeugen geben müsse: nämlich ARCHIE, unseren Bordcomputer.

»Der weiß, wohin er Immanuel gebracht hat«, sagte er. »Fragen wir ihn einfach!«

Mit der Fernbedienung tippte er eine Ziffernkombination ein, um die Zeitmaschine herbeizurufen. Wir waren inzwischen wieder am Nilufer angelangt, es war stockfinstere Nacht und Thomas hielt zusammen mit Major Ausschau, ob jemand kam. Aber wir waren ungestört.

Zuerst tat sich gar nichts. Wir befürchteten schon, dass etwas nicht in Ordnung sei. Doch dann flimmerte die Luft. Es war ein sanftes Flackern, ein zartes Leuchten, so als würden unzählige winzige Glühwürmchen ein großes Oval formen. Das Glitzern wurde stärker, vermischt mit einem regenbogenfarbenen Nebel. Dann erlosch das Licht. Die Zeitmaschine stand vor uns.

Onkel Magnus stieß die Luft aus. »Gott sei Dank, es hat geklappt.«

Die Einstiegsluke öffnete sich. Archie hatte unsere Anwesenheit bemerkt.

»Wohin?«, fragte er.

»Ja, das ist genau meine Frage«, sagte der Prof gleich ohne lange Einleitung. »Wohin hast du Immanuel gebracht? Das Jahr, den Tag, die Stunde!«

Archie schwieg. Er stellte sich taub und verweigerte die Auskunft. Ich bin sicher, dass er die Sturheit von meinem Onkel gelernt hatte. Schließlich hatte der Prof die künstliche Intelligenz geschaffen. Er war sozusagen Archies Vorbild. An Rechengeschwindigkeit und Kombinationsgabe übertraf Archie seinen Schöpfer längst. Inzwischen schien er ihn sogar an Sturheit zu übertreffen.

Dem Prof platzte der Kragen. War ja auch irgendwie verständlich! Er wurde ziemlich grob.

»Hör zu, du elektronischer Schrotthaufen: Ich habe zwar keine Ahnung, warum du dich mit Immanuel verbündet hast, aber ich weiß sehr gut, was ich mit dir machen werde, wenn ich nach Hause komme.«

Auf dem Monitor in der Zeitmaschine erschienen rote Fragezeichen.

»Zuerst«, begann Onkel Magnus genüsslich, »werde ich dein Gehäuse auseinander nehmen, Schraube für Schraube ...«

Archie stöhnte leise.

»Dann werde ich mit deinen Speicherchips Fußball spielen ...«

Auf dem Bildschirm tauchte das Wort PANIK auf und hüpfte nervös auf und nieder.

»Würden Sie das wirklich tun, Meister?«, fragte Archie schwach.

»Sicher.«

»Aber ... aber wer soll dann die Zeitmaschine steuern?«

Na klar, Archie bildete sich inzwischen ein, dass er unersetzlich sei. Sein Selbstbewusstsein hatte sich ganz schön entwickelt.

Aber der Prof blieb hart.

»Oh, ich werde ganz einfach einen neuen Computer bauen. Er wird Bert heißen ...«

*»Bert«, wiederholte Archie eifersüchtig. »**B**estimmt **e**in **r**ichtiger **T**rottel. **B**löder **e**goistischer **r**achedurstiger **T**yrann. **B**erechnender **e**ssigsaurer **r**otziger **T**yp ...«*

»Archie, es reicht!«

Archie verstummte.

»Das alles wäre nicht nötig, wenn du mir verraten würdest, wohin du Immanuel gebracht hast.«

»Das ist Erpressung, Meister.«

»Ganz richtig erkannt.«

Archie zögerte. »Ich hab ihm versprechen müssen, kein Wort zu sagen«, gestand er schließlich. »Immanuel hat mir gedroht, er würde mir sonst einen Computervirus einprogrammieren, ALZHEIM 3.0, und ich würde alles vergessen, was ich je gelernt habe. Sogar meinen Namen … Wie seid ihr Menschen doch gemein!«

Der Prof wartete. Plötzlich flimmerten auf dem Armaturenbrett in der Zeitmaschine viele kleine Lichter.

»Ich habe Immanuel versprochen, kein Wort zu sagen«, verkündete Archie triumphierend. »Aber ich kann's Ihnen ja aufschreiben, was passiert ist.«

Der Bildschirm war auf einmal voller Zeilen. Wir kletterten alle in die Zeitmaschine, um Archies Botschaft zu lesen. Er schrieb sehr schnell:

… JAHRE ZURÜCK. ER BEFAHL: »SETZE MICH AM SELBEN ORT AB, ABER WEHE, WENN DU MAGNUS ODER DEN ANDEREN EIN WORT DARÜBER SAGST! ICH WEISS NICHT, WIE VIEL EIN COMPUTER VERSTEHEN KANN, ABER ANGEBLICH BIST DU JA EINE KÜNSTLICHE INTELLIGENZ.« – »JA«, ERWIDERTE ICH. »ARCHIE«, SAGTE ER, »ICH DENKE UND FÜHLE WIE EIN ÄGYPTER. HIER BIN ICH ZU HAUSE. GLAUBST DU AN SEELENWANDERUNG?« – DARAUFHIN SCHAUTE ICH SOFORT IN MEINEM SPEICHER NACH, ABER ICH FAND DAS WORT NICHT. ICH ENTDECKTE NUR »SEERÄUBER« UND »SEEROSE«, DOCH DARÜBER WOLLTE IMMANUEL NICHTS WISSEN, OBWOHL ES BEISPIELSWEISE ÜBER VIERZIG ARTEN VON SEEROSEN GIBT. ÜBRIGENS DARF MAN SEEROSEN NICHT MIT SEEANEMONEN VERWECHSELN, OBWOHL SIE OFT GLEICH HEISSEN. VON SEEANE-

MONEN GIBT ES ÜBER TAUSEND ARTEN, UND MAN KANN MANCHE SOGAR ESSEN …

»Archie, du schweifst ab«, sagte Onkel Magnus. »Wie ging es weiter? Wohin hast du Immanuel gebracht?«

Auf dem Bildschirm erschien: NACH MEMPHIS.

»Aber da sind wir doch«, sagte der Prof.

Langsam wanderten die Buchstaben über den Bildschirm.

ICH FUHR MIT IHM UNGEFÄHR HUNDERT JAHRE IN DIE VERGANGENHEIT UND SETZTE IHN IN DER STADT MEMPHIS AB.

»Aha«, machte Onkel Magnus. »Klingt schon besser. Kannst du uns auch hinbringen?«

»Immanuel verbot mir strengstens, mit euch an denselben Ort und in dieselbe Zeit zu reisen«, sagte Archie. »Ich habe sogar einen Eid auf mein Betriebssystem leisten müssen, dass ich es nicht tue.«

Magnus stöhnte. »Dann bring uns eben so nahe wie möglich zu jener Stelle.«

»Sehr wohl«, sagte Archie.

Und weil er es wörtlich nahm, wären wir um ein Haar ertrunken …

Eine abenteuerliche Nilfahrt

Eben war es noch finstere Nacht – und nun auf einmal heller Tag!

Melanie musste die Augen zusammenkneifen, als sie durch ein Fenster der Zeitmaschine nach draußen sah. Das grelle Sonnenlicht blendete sie. »Wir sind da«, verkündete Archie.

Thomas, der ebenfalls aus dem Fenster geblickt hatte, schrie entsetzt auf: »Aber wir sind ja mitten im Wasser!«

»Irrtum«, widersprach Archie und die Einstiegsluke glitt auf. »Vorhin ließ ich die Zeitmaschine fast genau an derselben Stelle ankommen und da war festes Land.«

Vor der Einstiegsluke raschelten Schilfhalme. Das Wasser erreichte fast die Türöffnung.

»Archie, was tust du da?«, schrie Magnus voller Panik.

»Ich glaube fast«, sagte Archie verblüfft, »wir sinken …«

»Schnell, hinaus!«, drängte Professor Ambrosius und schob die anderen zur Luke hinaus. »Haltet euch am Schilf fest!« Er griff nach der Fernbedienung und tippte in Windeseile eine Zahlenkombination ein. »In die fünfte Dimension mit dir!« Er sprang im selben Moment ab, als die Zeitmaschine verschwand.

Benjamin stand bis zu den Knöcheln auf einer Schlamminsel und suchte nach Halt. »So ein Mist, ich sinke immer tiefer ein!«

»Komm rüber«, rief Melanie. »Hier steht man etwas fester.«

Benjamin zog mit sichtlicher Anstrengung seine Füße aus dem Schlamm. Es machte »Flupp« und »Watsch«. Vorsichtig auf unsicherem Untergrund balancierend hangelte sich Benjamin zu Melanie, die ihm die Hand reichte. Benjamin rutschte aus, aber fing sich im letzten Moment.

»Dieser Archie ist vielleicht ein blöder Trottel«, schimpfte er ungnädig.

»Er hat nicht an die jährliche Nilüberschwemmung gedacht«, ächzte Magnus. Er hielt die Fernbedienung hoch in die Luft, um sie vor Nässe zu schützen. Dann machte er einen Riesensprung und hatte nun auch eine Schilfinsel unter den Füßen. Jetzt stand er etwas sicherer. Er befestigte die Fernbedienung an seinem Gürtel, beschirmte die Augen und sah sich um. »Wir sind mitten auf dem Nil. Ohne Schiff kommen wir vermutlich nie ans Ufer.«

Der Fluss schien unendlich breit zu sein. An beiden Seiten erstreckten sich regelrechte Wälder aus Schilf. Es war ganz aussichtslos, hier einen Platz zu finden, wo die Zeitmaschine hätte sicher landen können.

Major, völlig verschlammt, kauerte zitternd neben Benjamin und Melanie. Er sah ziemlich unglücklich aus.

»Und nun?«, fragte Melanie ratlos.

»Hast du nicht gesagt, dass es hier Krokodile gibt?«, erinnerte sich Benjamin. »Dann erledigt sich unser Problem bald von allein.«

»Brrr, was für eine Schwarzseherei!« Magnus schnaubte abfällig. »Noch ist gar nichts verloren. Wir können entweder warten, bis ein

Boot vorbeikommt, oder die Sache selbst in die Hand nehmen. Au!« Er zuckte zurück. An seiner Hand hing ein großer Blutstropfen. Er hatte die Festigkeit der Schilfhalme prüfen wollen und sich dabei geschnitten.

»Etwa schwimmen?«, fragte Melanie. Sie hielt sich zwar für eine gute Schwimmerin, aber die Strömung des Nils war schwer einzuschätzen. Außerdem wusste sie selbst nicht, ob sie nicht tatsächlich mit Krokodilen rechnen mussten.

»Ich habe eher an ein Boot oder an ein Floß gedacht«, entgegnete Magnus und zog seinen rechten Fuß aus dem Schlamm.

Benjamin begriff. »Aus Schilf.«

»Genau. Schilf schwimmt nämlich hervorragend«, sagte Professor Ambrosius. Ringsum wuchsen Tausende von Schilfhalmen, man brauchte sie nur abzuschneiden und zu bündeln …

Doch das war nicht so einfach. Obwohl Benjamin und Melanie ein Taschenmesser dabeihatten, war es äußerst mühsam, die zähen Schilfhalme abzuschneiden.

»Ein Haumesser wär geeigneter«, meinte Magnus nach den ersten Halmen.

Es ging nur langsam voran, Stück für Stück. Sie wechselten sich ab, aber trotzdem hatten sie bald Blasen und Schwielen an den Händen. Immer wieder mussten sie aufpassen, weil sie unvermutet einsinken konnten. Dann war die Klinge von Melanies Messer stumpf und es ging noch langsamer.

»Ich schätze, dass wir ungefähr nächste Woche damit fertig sind«, sagte Thomas sarkastisch und machte eine Pause.

Benjamin starrte auf seine schmutzig braunen Beine. »Wir sehen aus wie Schweine.«

»Schlamm hält die Mücken fern.« Magnus richtete sich auf. Sein Rücken schmerzte. Er sah zu Melanie, die über den abgeschnittenen Schilfhalmen kauerte und ein System zu entwickeln versuchte, wie sie die Halme bündeln konnte. Sie war sehr geschickt. Zuerst prüfte sie Stärke und Beschaffenheit der Halme. Einige besonders biegsame legte sie zur Seite. Sobald das Büschel so stark war, dass sie es mit zwei Händen umspannen konnte, fing sie an, es mit Schilfhalmen zu umwickeln. Sie verknotete und flocht die Halme ineinander. Endlich war das erste Bündel fertig. Das Mädchen testete die Stabilität.

»Müsste halten. Vorausgesetzt, man zieht nicht mit Gewalt daran.«

»Toll machst du das«, lobte Magnus sie. »Wie viele solche Bündel werden wir wohl brauchen?«

»Schwimmt das Ding überhaupt?«, fragte Benjamin misstrauisch. »Stell dir vor, es sinkt wie ein Stein, blubb, blubb, dann war die ganze Arbeit umsonst.«

Melanie ließ das Schilfbüschel probehalber zu Wasser. Es schwamm. Sie setzte prüfend ihren Fuß darauf und spürte bereits die Tragkraft des Schilfs.

»Könnte tatsächlich funktionieren«, meinte Thomas, der interessiert zugesehen hatte.

»Natürlich wird es funktionieren«, gab Melanie zurück. »Es gibt viele Völker, die Schilfboote verwenden. Man kann sogar ganz große Schiffe aus Schilf bauen. *Thor Heyerdahl* zum Beispiel hat vor etlichen Jahren mal ein Schiff nachgebaut und ausprobiert, wie weit man damit kommen kann ...«

Thomas schüttelte den Kopf. »*Thor Heyerdahl?* Nie gehört.«

»Der hat ja auch keinen Computer erfunden«, gab Melanie etwas schnippisch zurück. Sie regte sich manchmal darüber auf, dass Thomas' Interessen so einseitig waren.

Irgendwann war unser Floß fertig. Ich möchte gar nicht wissen, wie viele Stunden wir daran geschuftet hatten. Ich selber kam mir vor, als sei ich mehr tot als lebendig. Keiner von uns konnte noch die Arme richtig heben. Am schlimmsten aber war der Durst, der uns alle quälte. Es hätte nicht viel gefehlt und ich hätte einfach das Nilwasser getrunken, aber Onkel Magnus warnte uns immer wieder davor. Auch Melanie behauptete, es würde im Wasser nur so von Bakterien wimmeln.

Zugegeben, es sah auch nicht besonders gut aus, sondern braun und schlammig … wie Schmutzwasser eben.

Wir sahen übrigens inzwischen fast genauso schmutzig aus. Jeder von uns war von oben bis unten mit Schlamm und Lehm bespritzt. Unsere einst weißen Klamotten waren jetzt einheitlich schlammbraun und gehörten eigentlich dringend in die Waschmaschine. Aber so etwas gab es ja zu dieser Zeit noch nicht.

Es war ein spannender Moment, als wir ausprobierten, ob uns das Floß auch tragen würde. Onkel Magnus stellte sich freiwillig als Versuchskaninchen zur Verfügung. Zuerst aber vertraute er mir die Fernbedienung an, denn die durfte ja auf keinen Fall nass werden.

Wie ein Seiltänzer setzte er dann den ersten Fuß auf unser Schilffloß. Balancierte unsicher darauf herum und wäre um ein Haar ins Wasser gefallen, weil das Floß so schwankte. Aber es trug!

Dann kam Major, dann Melanie, dann Thomas. Nachdem das Floß noch immer nicht untergegangen war, wagte ich auch den letzten Schritt. Schließlich hockten wir alle darauf.

Ehrlich, ich hatte schon gemütlicher gesessen!

»Und wenn jetzt jemand von uns seekrank wird?«, fragte ich.

»Darauf können wir jetzt leider keine Rücksicht nehmen«, sagte Melanie. Das war wieder mal typisch für sie. Sie kann gnadenlos sein.

Weil wir insgesamt nur zwei Schilfbüschel hatten, mit denen der Prof und Thomas zu paddeln versuchten, tauchten Melanie und ich die Arme ins Wasser, um ein bisschen mitzuhelfen. Ich musste dran denken, wie ich früher mal mit einer Luftmatratze in einem Baggersee rumgepaddelt bin. Das war ein ganz ähnliches Gefühl. Damals hatte meine Mutter noch gelebt und prompt wurde mir wieder ganz elend. Das ist jedes Mal so! Ich frage mich echt, wann das mal besser wird und wann ich keine Sehnsucht mehr nach ihr haben werde. Wahrscheinlich erst, wenn ich hundert bin!

Jetzt entdeckten uns auch noch die Mücken und fielen gleich scharenweise über uns her. Es war, als hätten sie jahrelang kein Blut mehr geleckt. Wir schlugen wie wild nach ihnen, aber da wäre fast unser Floß gekentert.

»Lieber ein paar Mückenstiche ertragen als im Magen eines Krokodils landen«, meinte Onkel Magnus, der völlig gelassen blieb. Aber ich glaube, die Mücken bedienten sich auch hauptsächlich bei uns anderen. Vielleicht roch der Prof nicht gut genug!

Inzwischen waren wir mitten auf dem Fluss und merkten, wie die Strömung uns vorwärts trieb. Manchmal sahen wir links und rechts am Ufer Hütten, aber bevor wir sie erreichen konnten, waren wir schon daran vorbeigefahren. Mit den Schilfbüscheln konnte man eben doch nicht richtig rudern und steuern.

»Wir müssen im Takt bleiben, sonst schaffen wir es nie«, meinte Magnus.

Wir versuchten erneut, das Ufer anzusteuern, aber es klappte wieder nicht. Das Floß gehorchte nicht, sondern drehte sich langsam im Kreis. Wir wurden fast wahnsinnig!

Was uns noch mehr beunruhigte, war, dass es allmählich finster wurde. Die Dämmerung und dann die Dunkelheit kamen viel schneller, als wir es von zu Hause aus gewohnt waren. Keiner von uns hatte Lust auf eine Nacht auf dem Floß!

»Sind Krokodile eigentlich nachtaktiv?«, fragte ich, aber das konnte Melanie mir nicht sagen. Alles weiß sie also doch nicht!

Es wurde immer dunkler. Wir mussten unsere Augen anstrengen, um überhaupt noch etwas zu erkennen. Ich bildete mir ein, dass wir uns dem Ufer endlich etwas näherten.

Plötzlich tauchte vor uns im Fluss ein Schatten auf.

Ein Nilpferd!

Ich musste sofort an den Bettler denken. Die Biester konnten ganz schön gefährlich werden, vor allem, wenn sie sich angegriffen fühlten.

»Bloß nicht reizen«, flüsterte Onkel Magnus. »Und nicht bewegen!«

Wir hörten auf zu paddeln und saßen ganz reglos da. Das Floß blieb der Strömung überlassen.

Langsam trieben wir an dem plumpen Tier vorbei. In der Dunkelheit konnte ich seinen riesigen Kopf erkennen. Die kleinen Augen glitzerten.

Mir klopfte das Herz bis zum Hals. Ich rechnete jeden Moment damit, dass uns das Nilpferd angreifen würde. Unser Floß würde bereits beim ersten Stoß auseinander brechen, so viel war klar …

Doch die ägyptischen Götter waren auf unserer Seite. Das Nilpferd tat uns nichts. Meter für Meter entfernten wir uns von ihm, ohne dass es uns verfolgte.

Endlich waren wir sicher, dass keine Gefahr mehr bestand.

Ich war vor Angst patschnass geschwitzt. Ich glaube, ich wär gestorben, wenn das Biest auch nur gerülpst hätte!

Unser unheimliches Erlebnis hatte jedoch auch etwas Gutes: Wir erwischten eine Strömung, die uns zum Ufer trieb.

»Los, mit vereinten Kräften schaffen wir es«, feuerte uns Onkel Magnus an. »Alle Mann paddeln!«

Und wir schafften es tatsächlich, selbst wenn Thomas zum Schluss noch einmal eine Bauchlandung in den Schlamm machte. Doch das konnte uns nicht mehr erschüttern. Wir hatten endlich wieder festen Boden unter den Füßen!

Klagen über den Pharao

Nach ihrer anstrengenden Nilfahrt und der glücklichen Landung am Ufer streckten sich die Zeitreisenden auf der Erde aus, um sich auszuruhen.

Über ihnen funkelten die Sterne – ein vertrauter Anblick in einer fremden Welt.

»Die Sterne sind dieselben wie im einundzwanzigsten Jahrhundert«, sagte Magnus Ambrosius wehmütig.

Melanie kratzte sich an einem Mückenstich, der furchtbar juckte. Wie einfach wäre es jetzt, die Zeitmaschine herbeizurufen und nach Hause zurückzukehren. Ordentlich essen und trinken und dann ein genüssliches Bad … Sie seufzte. Stattdessen hockten sie am Nilufer herum, waren schmutzig von Kopf bis Fuß und hofften, einen treulosen Archäologen wiederzufinden.

Professor Ambrosius schien ihre Gedanken zu erraten. »Wenn ihr wollt, bringe ich euch zurück. Ich hab euch in die Sache hineingezogen, dabei ist das Ganze eine persönliche Angelegenheit zwischen Immanuel und mir.«

Das war einerseits ein verlockender Vorschlag. Andererseits bedeutete es, dass sich Magnus allein auf die Suche nach Immanuel machen würde.

Benjamin dachte daran, was geschehen würde, wenn er auch noch seinen Onkel verlor. Dann würde er niemanden mehr haben. Niemanden außer seinem leiblichen Vater, von dem er nicht einmal den Namen wusste … Er presste die Lippen zusammen, entschlossen, nicht zuzulassen, dass Professor Ambrosius das Abenteuer im Alleingang durchstand. Weil er Melanie und Thomas nicht den wahren Grund eingestehen wollte, zog er das Ganze etwas ins Lächerliche.

»Und wer soll dann auf dich aufpassen?«, fragte er. »Nee, nee, Onkelchen! Am Ende bleibst du auch für immer in Ägypten und machst zusammen mit Immanuel eine Kneipe auf, während ich mir zu Hause die Augen nach dir ausweine.«

»Gut, jetzt kenne ich deine Meinung, Benjamin«, sagte Magnus. »Und was ist mit Thomas und Melanie?«

Thomas behauptete, es gefiele ihm eigentlich ganz gut, worauf Melanie natürlich gleich eine Spitze anbringen musste.

»Ehrlich? Auch wenn du hier keinen Internetanschluss hast?«

»Ja, stell dir vor! Und was ist mit dir? Du kannst deiner Mutter gar keine SMS schicken und musst ganz auf dein geliebtes Handy verzichten!«

Melanie ärgerte sich. Sie wollte nicht die Einzige sein, die zurückkehrte.

»Ich bleibe auch hier.«

Magnus Ambrosius war ganz gerührt. »Es freut mich, dass ihr mich bei der Suche nach Immanuel unterstützen wollt. Hoffentlich haben wir Erfolg!«

Sie beschlossen, die Nacht an Ort und Stelle zu verbringen, denn ohne Taschenlampe oder Fackel konnten sie wenig unternehmen. Benjamin behauptete zwar, er werde vor lauter Durst sicherlich kein Auge zutun können, aber er war der Erste, der einschlief.

Melanie rollte sich zusammen, kuschelte sich an Major und ließ noch einmal alle Geschehnisse des Tages an sich vorüberziehen. Darüber schlief sie ein, und als sie aufwachte, war sie überzeugt, nur wenige Minuten geschlafen zu haben. Doch im Osten ging schon die Sonne über den Bergen auf.

Die anderen waren bereits wach. Jetzt bei Tageslicht sahen sie erst richtig, wie schmutzig und sonnenverbrannt sie waren. Auf Benjamins Nase schälte sich die Haut und er hatte mindestens doppelt so viele Sommersprossen wie vorher.

»Wir sehen aus wie ägyptische Pennbrüder«, stellte Thomas fest.

»Wie gut, dass wir uns über Nacht nicht in Krokodile verwandelt haben.« Benjamin grinste. »Wär ja möglich gewesen. Immerhin gibt es hier den Fluch der Pharaonen.«

»Spinner«, sagte Melanie.

»Dort hinten kommen Leute«, stellte Magnus fest. »Junge und alte Männer, eine ganze Menge. Was hat das wohl zu bedeuten?«

Bald war der Trupp so nahe, dass die Zeitreisenden einige Gespräche verstehen konnten.

»Ich wäre lieber zu Hause geblieben und hätte mich um mein Feld gekümmert.« Ein junger Mann machte seinem Unmut Luft. »Nun muss meine Frau die ganze Arbeit erledigen. Dabei ist sie im achten Monat schwanger und kann sich kaum noch bücken.«

»Jetzt geht die Überschwemmung allmählich zurück und es gibt für uns eine Menge zu tun«, bestätigte ein anderer. »Ich weiß nicht, wie sie es daheim ohne mich schaffen sollen. Aber wenn ich dem Aufruf des Pharaos nicht gefolgt wäre, hätte ich eine Menge Ärger gekriegt. Denk nur daran, was mit Teti passiert ist.«

»Was denn?«, fragte ein Dritter.

»Sie haben ihn eines Morgens abgeholt, vor den Pharao geschleppt und verprügelt. Danach hat der König zu ihm gesagt: ›Es ist eine Ehre für dich, dass du mit deiner Arbeitskraft einen Beitrag zum Bau meines Grabes leisten darfst. Du solltest die Arbeit gern und mit frohem Herzen tun.‹«

»Und was hat Teti gemacht?«

»Na, was wohl? Er hat die Zähne zusammengebissen und gehorcht. Es ist ihm nichts anderes übrig geblieben. Jetzt schleppt er Tag für Tag Steine und sein Rücken ist schon ganz krumm.«

»Ach, ich hatte gehofft, die Leute des Pharaos würden mich vergessen«, stöhnte ein alter Mann. »Was kann ich mit meinen müden Knochen noch tun? Meine Arme sind so schwach, dass ich nicht einmal meinen neugeborenen Enkel halten kann. Ich kann höchstens den Sand sieben.« Er lachte kurz auf, aber es klang nicht fröhlich. »Vielleicht soll ich ja auch Hieroglyphen einmeißeln – ich, der nicht schreiben und lesen kann!«

Die Gruppe zog an den Zeitreisenden vorbei. Die Männer schenkten den Ankömmlingen kaum Beachtung. Nur einmal fiel Melanie der neugierige Blick auf, mit dem ein dürrer Ägypter zu ihnen herübersah.

»Hallo«, rief Magnus und winkte heftig. »Wartet doch mal.« Er kletterte ein Stück die Böschung hoch, bis er den Weg erreichte. »Könnt ihr mir sagen, wo das nächste Dorf liegt?«

Ein Ägypter wies mit dem Daumen in die Richtung, aus der er

kam. »Ungefähr eine Stunde Fußmarsch, Fremdling. Aber was willst du dort? Es sind nur Frauen und Kinder zurückgeblieben und die sind die meiste Zeit auf den Feldern.«

»Wir hatten eine Panne mit unserem Floß«, erzählte Magnus. »Fast hätte uns ein Nilpferd auf die Schultern genommen. Meine jungen Freunde und ich sind sehr durstig und auch hungrig.«

Der Angesprochene wechselte ein paar Worte mit seinem Nachbarn. Dieser nahm sein Bündel von der Schulter.

»Kommt her und seid unsere Gäste. Wir haben nicht viel, aber wir wollen unsere Vorräte mit euch teilen.«

Nur zu gerne nahmen die Zeitreisenden das freundliche Angebot an. Sie setzten sich im Schatten eines Dornbuschs auf den Boden. Der Ägypter knotete sein Bündel auf, breitete das Tuch wie eine Decke aus, riss sein Fladenbrot und verteilte es an die Reisenden, zusammen mit ein paar Zwiebeln als Beilage. Dazu gab es schales Bier aus einem Lederschlauch.

Als Benjamin in seine Zwiebel biss, stiegen ihm Tränen in die Augen. Er musste husten. Melanie klopfte ihm geduldig auf den Rücken.

Der Ägypter musterte die Fremden aufmerksam und fing dann an, Fragen zu stellen.

»Wo kommt ihr her? Und wohin wollt ihr? Seid ihr auch dem Aufruf des Pharaos gefolgt?«

»Wir wollen nach Memphis, um dort einen Freund zu treffen«, antwortete Magnus.

»Ah«, machte der zweite Ägypter. »Dann ist dein Freund sicher nach Memphis gegangen, um dort das Heb-Sed-Fest zu erleben.«

Die Zeitreisenden tauschten untereinander Blicke aus.

»Heb-Sed-Fest?«, wiederholte Magnus dann. »Was ist das für ein Fest?«

Der Ägypter, der das Brot mit ihnen geteilt hatte, schüttelte ein wenig den Kopf. »Ihr müsst wirklich von weit her kommen.«

Der andere aber erklärte: »Vermutlich seid ihr keine besonders gläubigen Menschen, weil ihr über das Heb-Sed-Fest nicht Bescheid wisst. Es findet ja auch so selten statt. So hört: Dreißig Jahre ist König Djoser nun unser Herrscher. So lang trägt er schon die Doppelkrone als Zeichen seiner Macht über Ober- und Unterägypten. Dreißig Jahre sind eine lange Zeit. Während dieser Frist kann man krank werden, die Glieder verlieren ihre Geschmeidigkeit und werden steif. Vielleicht erwachst du morgens mit Schmerzen und kannst dich nicht mehr rühren. Dein Haar ergraut oder eine Krankheit raubt dir deine Kräfte. So ist es mit dem Alter … Dagegen kann auch unser König nichts tun, selbst wenn er von den Göttern abstammt und diese schützend ihre Hand über ihn halten. Beim Heb-Sed-Fest soll König Djoser nun beweisen, dass er jung genug ist, um weitere dreißig Jahre zu regieren. Er soll zeigen, dass er im Vollbesitz seiner körperlichen und geistigen Kräfte ist, denn nur so ist er fähig, weiterhin gerecht über Ober- und Unterägypten zu regieren.«

Magnus und seine Begleiter hatten interessiert zugehört.

»Na, so was. Ein Fitnesstest für den Pharao«, sagte Benjamin, der sich von seiner Zwiebelattacke erholt hatte.

»Was meinst du?«, fragte einer der Ägypter nach.

»Dann ist das Heb-Sed-Fest also so eine Art Prüfung für den König?«, antwortete Magnus anstelle seines Neffen.

Der Ägypter nickte. »König Djoser muss vor dem Volk und den

Priestern eine bestimmte Strecke rennen. Schafft er es mit jugendlichem Schwung, heißt das, dass ihm die Götter gewogen sind und ihm Energie und Kraft für weitere dreißig Jahre verleihen. Wenn er jedoch zu hinken anfängt oder sogar hinfällt, dann ist die Zeit seiner Herrschaft abgelaufen.«

Magnus schaute nachdenklich drein. Er fand die Methode recht ungewöhnlich.

Die beiden Ägypter unterhielten sich nun untereinander.

»Hast du eine Ahnung, wer die Zeremonie leiten wird?«

»Bestimmt Imhotep, dieser Günstling«, erwiderte der zweite. Seine Stimme klang feindselig. »Dieser Emporkömmling mischt sich doch überall ein! Dabei weiß keiner genau, woher er überhaupt kommt. Neuerdings munkelt man sogar, er sei ein leibhaftiger Sohn des Gottes Ptah, weil er über Nacht in Memphis auftauchte.«

Auch der andere Ägypter schien Imhotep nicht leiden zu können. »Er bildet sich ein, alles zu wissen. Meinetwegen kann er auch weiterhin seine Schriften über die Heilkunst verfassen. Manche seiner Methoden mögen ja ganz wirksam sein. Aber was sich Imhotep sonst noch anmaßt! Und welchen Einfluss er auf König Djoser gewonnen hat!«

»Was denn?«, fragte Magnus dazwischen.

Er erhielt die Auskunft, dass Imhotep die Idee gehabt hatte, ein außergewöhnliches Grabmal zu schaffen.

»So ein Grabmal sollte es auf der Welt noch nicht geben«, erzählte der Ägypter weiter. »Der König war prompt von seinem Vorschlag begeistert. Es soll ein Grabmal werden, das man schon von weitem sehen kann, ein künstlicher Berg! Höher und höher soll er jetzt werden und er scheint im gleichen Maß zu wachsen wie Imhoteps Größenwahn. Oh, ich wünschte, diesen Imhotep träfe der Schlag!«

»Er ist daran schuld, dass wir unsere Frauen und Kinder allein lassen müssen, um Steine zu schleppen«, wetterte der andere. »Wer garantiert uns, dass wir heil zurückkehren? Wer sagt, dass keine Seile reißen und die Rampen genügend abgesichert sind?«

Der erste Ägypter verzog schmerzlich das Gesicht. »Herihor wurde neulich zu seiner Frau zurückgebracht. Ein Steinblock ist abgerutscht und er hat nur noch ein Bein. Jetzt ist er dabei, sich eines aus Holz zu schnitzen ...« Er schaute sich um. Die anderen Männer waren längst fort. »Wir müssen jetzt weiter. Wollt ihr uns begleiten? Memphis liegt auf dem Weg.«

Wir gingen also mit den Ägyptern mit. Bis nach Memphis mussten wir fast zwei Stunden laufen. Es war eine Qual. Mein Sonnenbrand machte mir ziemlich zu schaffen und die vielen Mückenstiche juckten höllisch. Einer der beiden Männer gab mir ranziges Fett zum Einreiben. Es stank nach Fisch, aber die Salbe half tatsächlich gegen das fürchterliche Jucken.

Melanie, die bestimmt genauso oft gestochen worden war wie ich, lehnte heldenhaft ab. Ich glaube, sie wäre eher gestorben, als sich mit dem stinkenden Fett einzureiben. Eitel!

Dann kamen wir endlich nach Memphis. Die Stadt sah ganz anders aus als gestern. Wir waren ja auch hundert Jahre weiter in der Vergangenheit. Ich brauchte eine Weile, bis ich es mir so richtig bewusst gemacht hatte. In der Zeit, in der wir uns gerade befanden, regierte nicht Cheops. Der Pharao, der gestern mit Prunk und Pomp zu seiner letzten Ruhestätte gebracht worden war, war noch nicht einmal geboren!

Jetzt war König Djoser an der Macht, er herrschte über Ober- und Unterägypten …

Wir ließen Memphis jedoch zur Rechten liegen und gingen nach Osten – dahin, wo Sakkara lag, die Totenstadt von Memphis. Dort wurden Könige und Wesire begraben, hohe Staatsbeamte und auch Prinzessinnen. Ein gigantischer Friedhof!

Auch das tolle Grab für König Djoser befand sich in Sakkara. Die beiden Ägypter redeten über nichts anderes. Es sollte das schönste und eindrucksvollste Grabmal werden. Die Anlage war jedoch nicht fertig, sondern noch eine riesige Baustelle. Angeblich hatte dieser Architekt Imhotep ständig neue Ideen und deswegen wurden immer wieder die Pläne geändert.

Ursprünglich sollte Djosers Grab nur eine rechteckige Grabkammer werden, eine Mastaba, wie sie für Könige und Beamte üblich war. Doch Imhotep hatte dem König einen Floh ins Ohr gesetzt, mal was Neues zu wagen.

Deswegen war man von den ursprünglichen Bauplänen abgewichen. Imhotep wollte das Grabmal nicht in der Erde verstecken, wo Wind und Sand bald alle Spuren verwischen würden. Er wollte das Grab in die Höhe bauen und damit für die Welt ein Zeichen setzen.

Ich verstand nicht, warum sich die beiden Ägypter so darüber aufregten.

»Imhotep will doch bloß eine Pyramide hinstellen«, sagte ich, nachdem die beiden endlich verschwunden waren.

»Bloß!«, schnaubte da Onkel Magnus. »Dir ist wohl nicht klar, dass die Pyramiden, wie wir sie kennen, noch gar nicht stehen! Die müssen erst erfunden werden! Und ich kann mir vorstellen, dass es eine ganze Menge Einwände dagegen gibt. Allein das Material! Die vielen Steine,

die gebrochen und behauen werden müssen. Und dann die Arbeitskräfte. Es gibt ja keine Maschinen, keine Kräne. Alles muss mit Muskelkraft bewegt werden.«

Melanie wollte uns klar machen, wie schwer es überhaupt sei, eine Pyramide zu konstruieren.

»Man muss unheimlich genau rechnen, damit der Winkel auch stimmt und die Seitenkanten an der Spitze zusammentreffen. Ich habe mir mal eine Pyramide aus Pappe gebastelt, aber die Flächen waren nicht ganz exakt und das Ding wurde krumm und schief …«

Toll! Da gab sie an mit ihren Bastelerfahrungen! Sie musste aber auch immer ihren Senf dazugeben!

»Na ja, eigentlich wollten wir ja nach Immanuel suchen und uns nicht über Pyramiden den Kopf zerbrechen«, kam Magnus auf unser eigentliches Anliegen zurück.

Major sollte zum Spürhund werden. Ich bin sicher, dass er schließlich kapierte, was wir von ihm wollten. Doch obwohl er uns kreuz und quer durch Memphis lotste, fanden wir Immanuel nicht. Wär ja auch zu schön gewesen!

»Ob Archie uns vielleicht reingelegt hat?«, fragte ich. »Vielleicht hat er Immanuel zu einer ganz anderen Zeit abgesetzt. Dann können wir hier suchen, bis wir schwarz werden!«

Aber der Prof behauptete, dass er für Archie seine Hand ins Feuer legen würde.

Ich war mir da nicht so sicher. Künstliche Intelligenzen können bestimmt auch lernen, gut zu lügen!

»Wir müssen davon ausgehen, dass Immanuel nicht gefunden werden will«, sagte Onkel Magnus und darin gab ihm jeder von uns Recht. »Er hat sich sicher eine andere Identität zugelegt.«

»Null null neun, der Spion aus Memphis«, schlug ich vor, aber keiner lachte darüber. Thomas ließ seinen Blick über die Lehmziegelhäuser schweifen. »Hm, theoretisch könnte Immanuel hinter einem der Fenster sitzen. Vielleicht sieht er uns sogar und lacht sich ins Fäustchen.«

»Wenn wir ihn finden wollen, müssen wir versuchen, uns so gut wie möglich in ihn hineinzuversetzen«, überlegte Onkel Magnus weiter. »Wenn wir Immanuel wären, wofür würden wir uns besonders interessieren?«

Wir rätselten lange herum und pflückten dabei ein paar Feigen von einem Baum. Sie waren noch nicht ganz reif, aber man konnte sie schon essen.

»Wir sollten versuchen, bei diesem Heb-Sed-Fest dabei zu sein«, meinte Onkel Magnus schließlich. »Ich bin überzeugt, dass sich Immanuel so eine Feierlichkeit nicht entgehen lässt. Schließlich interessiert er sich sehr für ägyptische Sitten und Gebräuche. Wenn er von dem Fest hört, wird er sicherlich kommen, in welchem Teil des Landes er auch gerade steckt. Darauf könnt ihr Gift nehmen!«

»Imhotep soll sterben!«

»Autsch!« Der Papyrusstängel schnitt in ihren Finger. Sofort schoss das Blut aus der Wunde. Melanie steckte den verletzten Finger in den Mund und machte ein gequältes Gesicht. Sie konnte nicht weiterflechten. Vor ihr stand der halbfertige Korb. An der Wand lehnten die drei, die sie im Laufe des Vormittags angefertigt hatte. Gestern hatte sie noch einen ganzen Nachmittag für einen einzigen Korb gebraucht. Inzwischen hatte sie die Technik begriffen und ihre Finger arbeiteten automatisch, sodass sie den Kopf frei für Gedanken hatte.

Seit einer halben Woche lebten die Zeitreisenden bei einer ägyptischen Familie in einem winzigen Dorf nahe bei Sakkara. Die Männer waren Steinmetzen und verbrachten den ganzen Tag auf der großen Baustelle. Die Frau versorgte die kleine Ziegenherde und bestellte das Feld. Daneben fertigte sie kleine Körbe aus Papyrusstängeln und Schilf, die sie einmal in der Woche nach Memphis brachte und dort gegen Lebensmittel oder sonstige Dinge eintauschte.

Melanie war neugierig und wollte die Kunst des Korbflechtens lernen. Außerdem konnte sie so wenigstens eine kleine Gegenleistung für Kost und Logis erbringen. Die Zeitreisenden hatten bei der freundlichen Familie Unterkunft gefunden. Die meisten Herbergen in Memphis und Umgebung waren besetzt, weil anlässlich des Heb-Sed-Festes viele Leute aus allen Teilen des Landes angereist waren, um den Rituallauf des Königs und die Festlichkeiten mitzuerleben.

Professor Ambrosius, Benjamin und Thomas begleiteten den Vater der Gastfamilie und seine beiden Söhne jeden Tag zur Baustelle, weil sie hofften, dort etwas über Immanuel erfahren zu können. Bisher hatten sie noch nichts herausgefunden. Keiner der Arbeiter, die sie befragt hatten, wusste etwas über einen Fremden, auf den die Beschreibung passte.

Bis zum Heb-Sed-Fest dauerte es noch gut eine Woche, aber die Vorbereitungen liefen bereits auf Hochtouren. Die Gastgeberin wusch ihr schönstes Kleid aus feiner Baumwolle und hängte es in die Sonne.

»Ich habe es erst einmal im Leben getragen – nämlich zu meiner Hochzeit«, erzählte Nofre-psut, als sie die kleine Hütte wieder betrat.

Melanie unterhielt sich gerne mit ihr. Sie fand die Frau ausgesprochen nett.

»Ich war noch sehr jung damals. Kaum älter als du. Hast du denn schon einen Bräutigam?«

Melanie schüttelte den Kopf. »Ich weiß nicht, ob ich überhaupt mal heiraten werde.«

Nofre-psut lächelte, während sie sich daranmachte, das Essen zu kochen. Bald würden die Männer von der Baustelle zurückkommen. Ein Mann hatte ihr am Nachmittag Fische gebracht, die er im Nil gefangen hatte.

Melanie sah Nofre-psut zu, wie sie die Fische mit geübten Bewegungen entschuppte und ausnahm.

»Kann ich dir helfen?«

»Lass nur.« Nofre-psuts Zähne blitzten im Dunkel der Hütte weiß auf. Sie fing an, die Fische über der kleinen Feuerstelle zu braten. »Den Fischgeruch an den Händen wird man genauso schlecht los wie einen üblen Ruf. Entschuldige, dass ich euch nichts Besseres anbieten kann. Aber Fische sind billig und wir sind arm. Fleisch essen wir nur selten, das ist etwas für die Tische der Reichen. – Aber mit ein paar Gewürzen kann man auch aus Fisch eine gute Mahlzeit bereiten. Ich koche sehr gerne.«

Nofre-psut öffnete einen kleinen Tonkrug und streute einige getrocknete Blätter über die Fische. Dann überließ sie die Mahlzeit sich selbst und kam zu Melanie herüber, um zu sehen, wie weit sie mit ihrer Flechtarbeit gekommen war.

»Nicht schlecht. Du warst fleißig. Wie gleichmäßig du arbeitest! Du bist geschickt. Und wie hübsch dieser Korb wird! Hast du dir das Muster selbst ausgedacht?«

Melanie hatte helle und dunkle Stängel verarbeitet. Sie hatte sich dabei an einen kleinen Korb orientiert, in dem Nofre-psut Knoblauch aufbewahrte.

»Zeig mir mal deine Hände«, forderte die Frau Melanie auf.

Melanie seufzte und hielt ihr die Finger entgegen.

»Das hab ich mir gedacht. Deine Finger sind von der Arbeit ganz schwielig geworden. Hier ist eine gute Salbe. Sie bringt Wunden zum Heilen und macht spröde Haut wieder weich und glatt.«

Nofre-psut stand auf. Draußen vor dem Eingang hörte man Stimmen. Die Männer kamen zurück. Major, der neben Melanie gelegen hatte, sprang auf und lief Benjamin schwanzwedelnd entgegen. Der Junge streichelte ihn geistesabwesend.

»Was ist los?«, fragte Melanie. Irgendetwas musste passiert sein, dass sah sie an seinem Gesicht. Auch Thomas und der Professor wirkten etwas verstört. Aber solange die Ägypter dabei waren, wollte keiner etwas erzählen. Melanie kapierte es schließlich und bohrte nicht weiter, obwohl sie innerlich vor Neugier fast platzte. Nachher, wenn sie ungestört waren, würde sie sicher alles erfahren.

Sie kauerten sich um die Feuerstelle und aßen zu Abend. Melanie hielt sich an die Beilagen. Thotmes, der Hausherr, berichtete, was sich tagsüber auf der Baustelle ereignet hatte.

»Stell dir vor, Nofre-psut, es sind schon wieder neue Leute gekommen. Es werden mehr und mehr! Das Lager auf der Baustelle ist inzwischen völlig überfüllt. Man wird einige neue Hütten bauen müssen. Das Ganze ist Wahnsinn! Hätte der Pharao doch nie Imhoteps Plänen zugestimmt! Ein Berg aus Stein als Grab! Ich sehe ihn selbst in meinen Träumen. Eines Tages wird er einstürzen und Tausende von Arbeitern unter sich begraben ...«

Nofre-psut zerteilte einen weiteren Fisch, den sie ihrem Mann hinschob. Das lange Haar fiel ihr in die Stirn. Sie strich es mit einer fahrigen Handbewegung zurück.

»Mach dir nicht so viele Sorgen, Thotmes. Der König weiß schon, was er tut. Du bist gesund und kannst arbeiten. Wir haben gerade so viel zum Leben, wie wir brauchen. Anderen Familien geht es schlechter. Ich habe keines meiner Kinder verloren, beide Söhne sind groß und stark ...« Sie lächelte den beiden Jungen zu. Dem älteren, der zwölf Jahre alt war, fehlte ein Vorderzahn. Er hatte sich den Zahn bei einem Sturz ausgeschlagen. Der Zehnjährige hatte im Gesicht lauter Narben, die er von einer schweren Krankheit zurückbehalten hatte. Aber sonst waren die beiden gesund und wirkten sehr fröhlich.

Nach dem Abendessen ging Nofre-psut hinaus, um die Ziegen zusammenzutreiben und zu melken. Die Zeitreisenden entschieden sich, vor Einbruch der Dunkelheit mit Major noch einen Spaziergang zu machen.

Endlich konnten sie ungestört reden.

Melanie staunte nicht schlecht, als sie die Sache mit dem Mordkomplott erfuhr. Ich war auf der Baustelle Zeuge geworden, wie zwei Männer beschlossen hatten, diesen Imhotep umzubringen.

Zuerst hatte ich es selber nicht glauben können. Wer glaubt es schon, wenn eiskalt davon geredet wird, jemanden um die Ecke zu bringen? Zuerst denkt man doch, es sei alles nur ein Witz.

Aber es war keiner! Leider.

Es war purer Zufall gewesen, dass ich ausgerechnet in diesem Augenblick einen Hammer in die Steinmetzwerkstatt zurückgebracht hatte. Auf der Baustelle war ich nämlich so eine Art Laufbursche. Das war ganz praktisch, denn auf diese Weise kriegte ich am meisten mit.

So auch den verbrecherischen Plan.

Ich bin bestimmt nicht absichtlich geschlichen. Aber die beiden Männer waren so ins Gespräch vertieft, dass sie mich nicht bemerkten. Ich wollte gerade rufen: »Hallo, ich bring den Hammer zurück!«, als ich hörte, wie der eine sagte: »Den Kerl mach ich kalt. Es reicht.«

Daraufhin hab ich mich hinter einem großen Steinblock versteckt, weil ich Genaueres erfahren wollte, logisch. Außerdem hatte ich auch Angst. Wer weiß, ob sie mich nicht auch kaltmachen wollten, wenn sie bemerkt hätten, dass da einer zugehört hatte.

Ich hatte puddingweiche Knie und mein Herz klopfte so laut, dass man es bestimmt meilenweit hören musste. Ich war überzeugt, dass mich die beiden gleich auf meinem Lauscherposten erwischen würden.

Es ging um eine alte Geschichte. Man hatte einen Wettbewerb zu dem Thema veranstaltet: Wer entwirft das schönste Grabmal? Der Mann, der sich gerade mit dem Steinmetz unterhielt, hatte diesen Wettbewerb gewonnen und angeblich war der Pharao auch ganz begeistert von seinen Plänen gewesen. Der Mann hatte den Auftrag also schon so gut wie sicher in der Tasche. Doch dann war dieser Imhotep aufgekreuzt. Kam mit ganz modernen Ideen. Wollte etwas bauen, was noch nie da gewesen ist. Jedenfalls musste Imhotep stundenlang auf König Djoser eingeredet haben. Und der hatte sich beschwatzen lassen. Ergebnis: Imhotep schöpfte den ganzen Rahm ab. Er durfte den Bau leiten und wurde obendrein noch König Djosers Ratgeber.

Ganz klar, dass der andere nun stocksauer auf den Typen war und Gift und Galle spuckte. Offenbar hatte König Djoser auch ein schlechtes Gewissen, denn er hatte dem Mann einen neuen Auftrag gegeben, sozusagen als Trostpflaster. Er sollte eine Statue von König Djoser anfertigen, die dann in das Grabmal eingebaut werden sollte.

So weit hörte sich alles noch ganz normal an. Ich konnte die Eifersucht des Mannes auf diesen Imhotep gut verstehen. War ja ganz menschlich.

Doch dann beschlossen die beiden, dass die besagte Statue beim Heb-Sed-Fest auf Imhotep fallen sollte. Es sollte wie ein Unglücksfall aussehen oder wie ein Zeichen der Götter. Einer sollte die Statue ein bisschen anschubsen und Imhotep würde platt gemacht werden.

Raffinierter Plan – und ich wusste davon! Mir blieb beinahe das Herz stehen. Mit welcher Kaltblütigkeit wurde da über ein Menschenleben entschieden!

Als ich genug gehört hatte, zog ich mich vorsichtig, Schritt für Schritt, zurück. Draußen musste ich mich erst mal von dem Schreck erholen. Ich war schweißnass!

Fünf Minuten später ging ich wieder rein, um dem Steinmetz den Hammer zurückzubringen. Ich hab dabei ganz laut gepfiffen, damit die beiden Männer mich auch rechtzeitig hörten. Aber es war nur noch der Steinmetz da. Der andere war leider schon weg. Schade. Ich hätte mir gern sein Gesicht gemerkt.

Natürlich hab ich Thomas und Onkel Magnus sofort alles erzählt. Melanie konnten wir erst später einweihen, als wir ungestört waren.

»Das ist eine ganz schwierige Sache«, meinte der Prof. »Unser Gewissen sagt uns, dass wir nicht einfach zulassen dürfen, dass ein Mord geschieht. Aber wir sind in einer fremden Zeit und um den Geschichtsablauf nicht zu gefährden, dürfen wir nur so wenig wie möglich eingreifen.«

Jetzt war guter Rat teuer. Wir alle bedauerten, dass Immanuel in diesem Augenblick nicht da war. Als Archäologe hätte er vielleicht gewusst, ob dieser Imhotep tatsächlich umgebracht worden war. Oder ob nicht … Dann hätten wir wenigstens einen Anhaltspunkt gehabt.

Was sollten wir tun? Es war wirklich vertrackt!

»Wir können nicht zulassen, dass ein Mord geschieht«, sagte Thomas. »Da machen wir uns doch mitschuldig.«

Melanie und ich waren der gleichen Meinung.

Der Prof verschränkte die Arme und trommelte unruhig mit seinen

Fingern auf die Ellbogen. »Habt ihr irgendwelche Vorschläge?«

Gemeinsam überlegten wir, was wir tun könnten. Sollten wir eine Botschaft an den Pharao schicken?

Ich schlug vor, Imhotep eine Warnung zukommen zu lassen. »Ein anonymes Schreiben. HÜTE DICH AM TAG DES FESTES! Oder so ähnlich.«

Onkel Magnus war nicht ganz überzeugt. »Neuerdings habe ich etwas gegen rätselhafte Botschaften. Wenn wir Imhotep schon warnen, dann muss es klar und deutlich geschehen. Er muss verstehen, aus welcher Ecke ihm Gefahr droht.«

»Dann gehen wir doch einfach zu ihm hin und erzählen, was Benjamin gehört hat«, sagte Thomas.

»Glaubst du, dieser Imhotep wird uns anhören?«, gab Onkel Magnus zu bedenken. »Schließlich ist er königlicher Baumeister und Ratgeber und so weiter. Solche Leute haben den ganzen Tag Termine und sind für uns bestimmt nicht zu sprechen. Was oder wer sind wir schon? Ärmliche Fremde aus einem unbekannten Land, die nach Ägypten gekommen sind, um das Heb-Sed-Fest zu sehen … Wir haben hier keinen Einfluss.«

»Aber es geht doch um Leben und Tod!«, meinte Melanie.

Trotzdem kam uns keine zündende Idee. Noch nicht …

»Still«, warnte Melanie und machte den anderen ein Zeichen. Sie hatte gesehen, dass Thotmes nachgekommen war.

Magnus Ambrosius wechselte rasch das Thema. Er deutete nach Westen, wo gerade die Sonne versank.

»Dort hinten liegt die Wüste. Kilometerweit nichts als Sand … Ohne den Nil könnte die ägyptische Kultur nicht gedeihen. Der

Fluss macht das Land fruchtbar, die Bauern sind abhängig von der jährlichen Überschwemmung, die ihre Felder düngt …«

Benjamin schnitt eine Grimasse und blinzelte Melanie zu.

»Na, seid ihr noch nicht müde?«, fragte Thotmes und legte eine Hand auf Benjamins Schulter. »Ich hab vor dem Schlafengehen auch noch einen kleinen Spaziergang gemacht und ein wenig mit den anderen Dorfbewohnern geplaudert.« Er hielt sich den Rücken, denn er hatte von der harten Arbeit fast ständig Schmerzen. »Jetzt kommt, es ist Zeit heimzukehren.«

Sie gingen zusammen zurück.

»Ich bin sicher, dass ich heute Nacht nicht schlafen werde«, redete Thotmes weiter. »Ich bin voller Unruhe. Habt ihr das Gerücht auch schon gehört?«

Benjamin zuckte unwillkürlich zusammen. Ob Thotmes schon etwas von dem Mordplan erfahren hatte?

»Welches Gerücht?«, fragte Magnus.

»Imhotep soll eine neue Erweiterung des Grabmals geplant haben.«

»Noch eine Erweiterung?«, hakte Magnus nach.

»Du weißt anscheinend doch noch nichts.« Der Ägypter stieß die Luft aus. »Vielleicht waren es auch nur leere Worte von Sech-Nubis. Er hat behauptet, Imhotep hätte beschlossen, die Anzahl der Stufen von vier auf sechs zu erhöhen. Dieser Mensch muss wahnsinnig sein! Er hat hoch und heilig versprochen, dass nach vier Stufen endgültig Schluss ist. Wir haben keine Steine mehr, man muss sie auf Booten anfahren. Was für eine Schinderei!« Er stöhnte und wischte sich den Schweiß von der Stirn. »Der Bau des Grabmals wird sich über weitere Jahre hinziehen, wenn das Gerücht stimmt

… Dabei hatte ich gehofft, meinen Lebensabend mit einer etwas leichteren Arbeit verbringen zu können …«

»Aber Thotmes«, sagte Nofre-psut vorwurfsvoll, die vor der Hütte stand und wartete. »Du langweilst unsere Gäste mit deiner Schwarzseherei. Die Götter wissen schon, was sie tun. Sie sorgen immer für uns.« Sie streckte die Arme aus. »Habt ihr bemerkt, wie hoch das Getreide schon auf den Feldern steht? Der Nil hat in diesem Jahr besonders fruchtbaren Schlamm gebracht. Die Halme strecken sich hoch zum Himmel, zu Re. Es wird eine reiche Ernte geben.« Sie lächelte alle an. »Nun kommt aber endlich in die Hütte. Die Jungen sind schon ganz ungeduldig. Ich will heute Abend nämlich eine Geschichte erzählen, in der sich ein Mann in ein Krokodil verwandelt, um zu prüfen, ob seine Frau ihm treu ist.«

Aktion »Brillenschlange«

Die Sache mit Imhotep lag mir wirklich schwer im Magen. Ich konnte nicht schlafen. Wenn man Zeuge eines Mordkomplotts geworden ist, ist das wahrscheinlich ganz normal.

Genau kann ich's nicht sagen, mir ist es ja zum ersten Mal passiert …

Ich lag also in der Nacht wach und hörte zu, wie Thotmes schnarchte. Der schlief nämlich seelenruhig – trotz des Gerüchts, das ihm solche Sorgen machte.

Ich stopfte mir die Finger in die Ohren, aber das half nicht. Ich drehte mich auf den Bauch, verschränkte die Hände hinter dem Kopf und presste die Ellbogen gegen die Schläfen – vergebens. Ich fand einfach keinen Schlaf. Jedes Geräusch kam mir unheimlich laut vor.

Schließlich ging ich hinaus ins Freie.

Der Mond schien hell. Es war Vollmond. Groß und rund stand er über mir, zum Greifen nach. Mit bloßen Augen konnte ich die Krater auf ihm erkennen. Neben dem Mond funkelten unzählige Sterne am Himmel, so hell und klar, wie ich sie noch nie gesehen hatte. Es war wirklich so toll, dass ich in diesem Augenblick kapierte, warum sich die alten Ägypter nach dem Lauf der Gestirne richteten.

Ich glaube, ich war in diesem Moment richtig mondsüchtig.

Der Mond sah mich an. Er kam mir vor wie ein dickes, rundes Gesicht. Ich hätte ihm gerne eine Brille und einen Bart gemalt ... Das mach ich gerne auf den Fernsehzeitschriften, wenn einen die Models auf der Titelseite zu blöde anglotzen.

Genau da kam mir die beste Idee meines Lebens! Ich wusste plötzlich, wie wir den Mord an Imhotep verhindern konnten, ohne dass wir jemanden einweihen mussten ...

»Komm!«, wisperte Benjamin. »Die Luft ist rein.«

Melanie, der sein Zischen in der Dunkelheit überlaut vorkam, legte warnend den Zeigefinger an die Lippen.

»Bist du wahnsinnig?«, flüsterte sie zurück. »Der fette Kerl dort drüben wird gleich wach werden. Und dann fragt er uns sicher, was wir hier mitten in der Nacht suchen. Hoffentlich fällt dir dann eine vernünftige Ausrede ein!«

»Pah, der schläft wie ein Kartoffelsack.« Benjamin kannte Nechebu vom Sehen. Von ihm drohte keine Gefahr. Nechebu war faul und bequem und hatte sicher einen gesunden Schlaf. Tagsüber musste er für die Steinmetzen Farben anrühren und mischen. Nechebu ging seiner Tätigkeit jedoch oft so träge nach, dass die Farbe in der Hitze Blasen warf und dick und unbrauchbar wurde.

Falls Nechebu tatsächlich aufwachen sollte, dann waren sie weg, ehe der Ägypter auch nur mit den Augen blinzeln konnte!

»Wo ist die Statue?« Melanie war sehr nervös. Benjamins Plan hatte sie zwar auf Anhieb überzeugt, trotzdem hatte sie jetzt Angst. Was sie vorhatten, war bestimmt eine Beleidigung der Götter und des Königs und würde schwer bestraft werden!

»Dort hinten«, erwiderte Benjamin. Er wusste es selbst nicht so genau, denn er hatte in den letzten drei Tagen die Werkstatt nicht mehr betreten. Hoffentlich hatte man die Statue inzwischen nicht an einen anderen Platz geschafft.

Sie schlichen auf Zehenspitzen durch die Werkstatt. Unterdessen hatten sich ihre Augen so an die Finsternis gewöhnt, dass sie sich gut zurechtfanden. Das Mondlicht schien matt durch die Fensteröffnung. Melanie bemerkte voller Bestürzung, dass sie trotz ihrer Vorsicht deutliche Spuren hinterließen. Der Boden war nämlich mit feinem Steinstaub bedeckt, in dem sich ihre Fußabdrücke klar abzeichneten.

Melanie griff nach einem der herumstehenden Palmwedel. Damit wollte sie die Spuren verwischen. Leider riss sie dabei ein paar dünne Holzleisten um, die an der Wand lehnten. Polternd stürzten sie auf den Boden.

Die beiden erstarrten vor Schreck.

»Wenn jetzt jemand kommt!« Benjamin griff nach Melanies Hand. »Schnell, dorthin!« Er zog sie hinter einen mannshohen Kalksteinblock. Zwischen Stein und Wand waren ungefähr noch dreißig Zentimeter Platz – ein gutes Versteck.

Melanie und Benjamin hielten den Atem an. Würde Nechebu aufwachen und herumsuchen? Oder war sonst jemand auf den Lärm aufmerksam geworden?

Doch alles blieb ruhig. Nechebu tat zwar einmal einen heftigen Schnaufer und wechselte geräuschvoll seine Schlafstellung, aber er erwachte nicht.

»Ich hab's dir doch gesagt«, wisperte Benjamin. »Man könnte Nechebu forttragen und er würde es nicht merken.«

Vorsichtig wagten sie sich aus ihrem Versteck hervor und schlichen weiter durch die Werkstatt. Der angrenzende Raum war ziemlich dunkel. Jetzt hätten sie eine Taschenlampe gut gebrauchen können.

»Welche Statue ist es?«, fragte Melanie.

Überall standen Steinfiguren und grob behauene Blöcke herum. Manche der Standbilder sahen merkwürdig aus. Ein Mann kauerte auf dem Boden. Er hatte die Beine untergeschlagen und saß steif da, so als warte er auf jemanden. Die eine Hälfte seines Körpers war braun angepinselt, danach war dem Künstler offenbar die Farbe ausgegangen oder er hatte Feierabend gemacht. Ein anderer steinerner Mann hockte auf einem Stuhl, hatte die Hände auf die Knie gelegt und starrte vor sich hin. Melanie versuchte, der Statue ins Gesicht zu blicken, aber sie hatte noch keines. Eine dritte Gestalt stand in einer steinernen Türnische und es schien so, als wollte sie gerade herauskommen.

»Eine Scheintür«, erklärte Benjamin und berührte sachte den Steinblock. »Die wird ins Grab eingebaut und soll böse Geister irreführen. – Dort ist die Statue!« Er hatte das gesuchte Standbild in einer Ecke entdeckt. Die Figur war zum Schutz vor Staub mit einem Tuch verhüllt.

Vorsichtig lupfte Melanie einen Zipfel des Tuchs. Es war ein Bildnis von König Djoser. Er trug einen Mantel aus Stein und ein Kopftuch mit sorgfältig eingearbeiteten Falten. Als Zeichen der Königswürde haftete am Kinn der Statue der gerillte Pharaonenbart, der bis zur Brust reichte.

Melanie stieß unwillkürlich die Luft aus. Das Standbild war bis in alle Einzelheiten bemalt. Der Künstler hatte sich große Mühe gegeben. Melanie hatte den Pharao zwar noch nicht in Wirklichkeit gesehen, aber das Gesicht mit den breiten Wangenknochen und den vollen Lippen wirkte lebensecht.

Einen Moment lang tat es Melanie fast Leid, das Kunstwerk zu verschandeln. Doch dann dachte sie daran, was bei dem Jubiläumsfest geschehen sollte. Es musste sein.

»Wird das Licht reichen?«, fragte Benjamin leise.

»Ich hoffe es«, gab Melanie zurück. »Wo ist die Farbe?«

In der Ecke fanden sie einige Tonkrüge mit verschiedenen Farbresten. Auch eine Reihe von Pinseln, die mit den Haarborsten in Wasserschalen standen, lehnten daneben. Melanie suchte sich einen heraus, der fein genug war und gut in ihrer Hand lag. Benjamin hatte inzwischen die Farbkrüge untersucht.

»Schwarz?« Er hielt ihr einen Topf entgegen. Übler Geruch stieg daraus auf. Die schwarze Farbe glänzte leicht. Mit einem Stäbchen rührte Benjamin um. »Ziemlich dickflüssig.«

Melanie tauchte den Pinsel ein. Ein schwarzer Klumpen blieb an den Haaren hängen.

»So geht's nicht.« Melanie entschied sich, für ihre Malereien ein Holzstäbchen zu verwenden. Damit konnte sie die zähflüssige Farbe noch am besten auftragen.

Während Benjamin das Tuch hochhielt, malte Melanie langsam zwei dicke Kreise um die Augen der Statue, verband sie in der Mitte mit einem Strich und zeichnete dann zwei Brillenbügel bis zu den Ohren.

»Nicht schlecht«, meinte Benjamin amüsiert. »Jetzt sieht er richtig intellektuell aus.«

Damit war die Aktion noch nicht zu Ende. Melanie stattete die

Statue mit einem besonders dicken und langen Schnurrbart aus. Die Enden ringelten sich nach oben. Außerdem bekam Djosers Standbild noch einen Schönheitsfleck auf die Wange, und auf die Nasenspitze malte Melanie eine Fliege. Auch die Hände schwärzte sie ein. Nun sah es so aus, als hätte der König Handschuhe an. Endlich war Melanie fertig. Sie trat einen Schritt zurück, um ihr Werk zu betrachten.

»Hübsch hässlich«, sagte Benjamin zufrieden. »Hoffentlich ist die Farbe bis morgen früh trocken. Schätzungsweise kriegt man die Pampe nicht so einfach ab.«

Melanie blickte die Statue an und hatte mit einem Mal das Gefühl, dass sie so schnell wie möglich verschwinden sollten. Eilig stellte sie ihr Malwerkzeug zurück.

»Los, komm«, drängte sie Benjamin. »Hier will ich keine Minute länger bleiben.«

Benjamin ließ behutsam das Tuch sinken, damit der Stoff nicht die frische Farbe verwischte. Dann schlichen die beiden in den Nebenraum zurück. Nechebu lag in anderer Schlafhaltung da als zuvor.

Auf Zehenspitzen verließen sie die Werkstatt und gelangten ins Freie.

Es war ein toller Plan gewesen, aber keiner von uns hatte eine Ahnung, ob er funktionieren würde. Thomas war eingeweiht, aber Onkel Magnus hatten wir nichts von unserem Vorhaben erzählt. Er wäre uns bestimmt nur wieder mit dem Einwand gekommen, dass wir in der Vergangenheit herumpfuschten!

Die nächtliche Aktion hatte Melanie und mir großen Spaß ge-

macht. Ursprünglich hatte auch Thomas mitgehen wollen, aber dann hatten wir uns dafür entschieden, dass zwei eigentlich genug waren. Melanie konnte am besten malen. Sie hatte sich regelrecht darum gerissen, mitzukommen. Zum einen wollte sie bestimmt beweisen, dass ein Mädchen genauso mutig sein kann wie ein Junge, zum anderen hatte sie bestimmt Langeweile, weil sie den ganzen Tag mit Nofre-psut zusammen sein musste. Die war zwar sehr nett, aber auf der Baustelle war einfach viel mehr los.

Diesen Imhotep, über den alle lästerten, hatte ich noch nie gesehen, obwohl er angeblich jeden Tag da war und die Arbeit überwachte. Aber ringsum waren immer so viele Leute. Ich kam mir vor wie eine winzige Ameise in einem ganz großen Ameisenhaufen!

Die Stimmung war enorm gegen Imhotep. Das Gerücht stimmte, er wollte wirklich zwei zusätzliche Stufen auf das Grabmal setzen. Das bedeutete zigtausend Steinblöcke mehr. Die Arbeiter fluchten. Ich glaube, es gab eine Menge Leute, die sich über Imhoteps Tod gefreut hätten.

Ob wir den Mordanschlag wirklich verhindern konnten?

Wir erwarteten gespannt eine Reaktion auf unsere nächtliche »Verschönerung«. Eigentlich hatte keiner von uns Angst, dass man uns dafür verantwortlich machen würde. Man hatte uns schließlich nicht auf frischer Tat ertappt und Fingerabdrücke konnten uns die alten Ägypter ja auch noch nicht nachweisen. Trotzdem wurden wir immer nervöser, weil wir gar nichts hörten. Es gab keine Gerüchte, kein Gemunkel, keinen Skandal – nichts!

Onkel Magnus fiel unsere Unkonzentriertheit auf und eines Abends erzählte ihm Melanie alles. Mir war es gar nicht recht, aber Mädchen müssen natürlich alles ausplaudern! Doch anstatt zu schimpfen, lachte sich der Prof halb tot und fand, dass wir unsere Sache sehr gut gemacht hatten.

»Ihr habt den Ägyptern garantiert einen mächtigen Schrecken verpasst. Bestimmt kann sich keiner die Sache erklären, und was man sich nicht erklären kann, ist umso gefährlicher und geheimnisvoller. Ich glaube nicht, dass man die Entdeckung an die große Glocke hängen wird. Dass wir noch nichts davon gehört haben, besagt gar nichts. Ja, ich denke sogar, dass man das Ereignis vertuschen wird.«

»Vielleicht hat man die Farbe einfach abgewaschen oder die Königsstatue neu bemalt«, überlegte Melanie.

»Wir werden ja sehen, ob die Statue während des Festes enthüllt wird«, sagte Magnus. »Imhotep ist über den Vorfall sicherlich informiert worden und wenn er schlau ist, sieht er sich vor. Bestimmt weiß er, dass er sich mit seinem neuesten Beschluss nicht gerade Freunde gemacht hat.«

Die Spannung blieb also.

Wir hatten wirklich keine Ahnung, was der Mörder am Tag des Heb-Sed-Festes tun würde …

Überraschung beim Heb-Sed-Fest

Am Tag des Heb-Sed-Festes sah Melanie zum ersten Mal die aufwändige Grabanlage von König Djoser in allen Einzelheiten. Damals in der Nacht hatte sie nur wenig erkennen können.

Sie hätte sie sich längst nicht so groß vorgestellt. Es war ein riesiger Komplex. Um die Anlage herum erstreckte sich eine Mauer, die zahlreiche Vorsprünge und Einbuchtungen aufwies.

Durch einen Säulengang gelangten die Zeitreisenden zusammen mit Thotmes und seiner Familie in einen großen Hof. Alle wollten bei dem Spektakel dabei sein.

Melanie überlegte, an welcher Stelle sie neulich nachts mit Benjamin eingedrungen war, aber sie konnte sich beim besten Willen nicht zurechtfinden. Jetzt im gleißenden Sonnenlicht sah alles ganz anders aus, größer, mächtiger … Hinzu kam die feierliche Stimmung, die an diesem Tag herrschte. Die Arbeiter hatten frei bekommen und die Bauarbeiten ruhten. Alles war so weit wie möglich aufgeräumt.

Im Innern der Umfassungsmauer erhob sich die Stufenpyramide.

»Sie ist jetzt ungefähr vierzig Meter hoch«, sagte Thomas.

Melanie war beeindruckt. Die Pyramide war alles andere als perfekt – kein Vergleich zu der glatten, strahlenden Fassade der Cheopspyramide, die noch wesentlich höher in den Himmel ragte. Doch gerade die rohe und etwas plumpe Form der Stufenpyramide imponierte Melanie. Hier hatte jemand versucht, etwas Neues zu schaffen – ein unvergängliches Bauwerk aus Stein.

Man sah dem Gebäude die Mühen an, die es seinen Erbauern machte. An den Seiten waren noch die Holzgerüste aufgestellt, die – anstatt abgeschlagen zu werden – nun weitere Tonnen von Gestein ertragen mussten.

Auch Thomas betrachtete die Rampen. Heute ruhte die Arbeit, aber sonst waren unzählige Männer dort zu Gang. An Seilen wurde ein Steinblock nach dem anderen hinaufgezerrt, während sich das Holz von ihrem Schweiß dunkel färbte …

Melanie stellte sich auf die Zehenspitzen. Vor ihr standen lauter Männer, aber es gelang ihr, durch eine Lücke hindurchzuspähen.

»Dort drüben ist der Pharao«, sagte Thomas plötzlich.

»Wo?« Melanie folgte seinem Finger.

Auf der anderen Seite des Hofs standen festlich gekleidete Leute. Ein etwas dicklicher Mann trug trotz der Hitze eine Art Mantel. Als er seinen Kopf wandte, sah Melanie den schmalen künstlichen Bart, der bis auf die Brust herabreichte. Sie erkannte auch die Gesichtszüge wieder. Ja, das war der Mann, dessen Abbild sie die Brille verpasst hatte!

Wie gut, dass niemand ihre Gedanken lesen konnte! Sonst hätten alle mit den Fingern auf sie gezeigt und gerufen:

»Da steht diejenige, die die Statue des Pharaos verschandelt hat!«

Melanie atmete tief durch. Niemand wusste etwas und das war gut so. Wer waren die anderen Leute neben dem Pharao? Würdenträger in Festgewändern umgaben den König. Einer davon war vermutlich Imhotep, von dem die Zeitreisenden schon so viel gehört hatten, aber bisher hatte keiner von ihnen den Architekten zu Gesicht bekommen.

Melanie rätselte, wer von den Männern dieser mächtige Imhotep sein könnte. Ein hochgewachsener Mann mit einer Glatze stand etwas abseits. Melanie blinzelte. Irgendetwas an dem Mann erinnerte sie an jemanden, ohne dass sie sagen konnte, was es war. Es war wie ein Echo in ihrem Kopf. Hatte sie in einem Kunstband einmal eine Abbildung von ihm gesehen? Oder sah er zufällig jemandem ähnlich, dem sie schon einmal begegnet war?

Aus dem Benehmen der Leute wurde deutlich, dass der Glatzköpfige eine besonders hohe Stellung innehatte. Offenbar leitete er die Festlichkeiten. Jetzt redete er mit dem König. Dieser nickte kurz. Daraufhin trat der Glatzköpfige vor und breitete die Arme aus.

»So ein Wichtigmacher«, knurrte einer der Männer neben Melanie. »Man könnte meinen, Imhotep sei der Pharao und nicht Djoser.«

Melanie wandte sich kurz um. Thomas blinzelte ihr zu. Benjamin starrte nach vorne und murmelte: »Der Typ erinnert mich an jemanden.«

Magnus Ambrosius wurde blass. »Du hast Recht«, sagte er. »Jetzt sehe ich es auch … O mein Gott, das darf nicht wahr sein!«

»Ruhe!«, zischte ihn ein kleiner dicker Ägypter ärgerlich an. »Wenn du nicht sofort deinen Mund hältst, hole ich die Aufsicht! Die wirft dich raus!«

»Pst, pst!«, kam es jetzt von mehreren Seiten. Man drängte und drückte. Jeder wollte einen besseren Platz ergattern, um nichts von der Zeremonie zu verpassen.

Benjamin sah seinen Onkel besorgt an. »He, Prof, was ist los? Ist dir schlecht?«

»Erkennst du ihn denn nicht?«, flüsterte Magnus tonlos. »Dort steht er. Und wir Idioten suchen ihn die ganze Zeit.«

Thomas kapierte noch immer nicht. Erst, als Magnus Ambrosius stumm nach vorne deutete, fiel es ihm wie Schuppen von den Augen: Der berühmte Imhotep war kein anderer als der Archäologe Immanuel Hoffmann!

Die Überraschung hätte nicht größer sein können. Am liebsten wären die Zeitreisenden sofort nach vorne gestürzt, aber ihnen war klar, dass sie im Moment nichts unternehmen konnten. Sie durften die heilige Zeremonie nicht stören, wenn sie nicht als Randalierer verhaftet und eingesperrt werden wollten. Also blieb ihnen nichts anderes übrig als abzuwarten.

Immanuel alias Imhotep hielt eine Ansprache. Viel konnten die Zeitreisenden davon nicht verstehen, denn die Akustik war schlecht und Immanuel kein besonders stimmgewaltiger Redner.

Immanuel lobte Djoser als hervorragenden und verständnisvollen Herrscher und zählte seine Ruhmestaten auf. Dann wies er darauf hin, in welch guter gesundheitlicher Verfassung sich der König befand.

Schließlich geleitete Immanuel den Pharao zu einer Art Steinpult, nahm ihm den Mantel, die Kopfbedeckung und alles andere ab, was beim Laufen hätte hinderlich sein können. Djoser stand nun im Lendenschurz da und bemühte sich um eine majestätische Haltung.

»Der muss ganz schön den Bauch einziehen«, murmelte Benjamin, aber Melanie knuffte ihn in die Rippen. Solche respektlosen Bemerkungen konnten die Zeitreisenden in Schwierigkeiten bringen!

Der Leib des Königs war tatsächlich sehr füllig. An Hüfte und Taille schwabbelte der Speck. Der Körper des Pharaos glänzte vor Öl. Auf seiner Brust hing ein Amulett aus Gold und bunten Steinen.

Melanie sah, wie der König heftig atmete. Ob er etwa Lampenfieber hatte? Hing die Gunst des Volkes davon ab, wie er sich bei dem Lauf bewährte?

Immanuel hob nun den Arm und gab das Signal zum Start.

»Die Götter mögen mit dir sein. Und nun lauf!«

Unter Beifallsrufen spurtete Djoser los. Für sein Alter und seine körperliche Verfassung war er schnell, das musste selbst Benjamin zugeben. Es war bestimmt kein Vergnügen, bei der Hitze durch den Sand zu laufen und das noch vor mindestens tausend Leuten!

Es sah wirklich lächerlich aus, wie der König losjoggte und alles an ihm herumschwabbelte, aber keiner lachte. Vielleicht war das Lachen bei Todesstrafe verboten, wer weiß.

Ich war noch so geschockt von der Neuigkeit, dass unser Immanuel identisch mit diesem verhassten Imhotep war, dass ich auch nicht lachen musste.

Normalerweise klappt es nie, wenn ich mir das Grinsen verkneifen will, beispielsweise in der Schule. Meine Mundwinkel gehen dann schon immer ganz automatisch auseinander und ich muss schleunigst an was Trauriges denken, beispielsweise an meine tote Mama.

Aber hier war es gar nicht nötig. Der König rannte einmal ums Viereck. Ich hätte ihn locker überholen können, dabei bin ich überhaupt nicht sportlich. Er schnaufte ganz schön, doch er schaffte die Runde, ohne ein einziges Mal zu stolpern oder hinzuknallen.

Als er die Ziellinie durchlief, kriegte er einen Riesenbeifall. Und mit Blumen wurde er auch beworfen. Es waren Hunderte von Seerosen, Lilien und Mohnblumen!

Mann, ich wünschte mir, ich würde beim nächsten Sportfest auch mal solchen Beifall bekommen. Aber dafür muss man wohl König von Ägypten sein!

Immanuel hüllte den König in den Mantel. Dann stand der Pharao da und nahm mit unbewegtem Gesicht die Huldigungen und den Applaus entgegen. Nachdem der Lärm und die Rufe etwas verebbt waren, führte Immanuel den König zu einem kleinen Seitenhof. Aus Platzmangel konnte nur ein Teil der Zuschauer dem König dorthin folgen. Benjamin und Magnus hatten das Glück, dabei sein zu können.

In dem kleinen Hof befand sich eine Anzahl Kapellen. In jeder saß eine bemalte Steinfigur: die Götter von Ober- und Unterägypten. Hier in diesem Innenhof wurde König Djoser zum zweiten Mal gekrönt und als Pharao des Landes bestätigt.

Es war sehr feierlich.

»Ich halte es bald nicht mehr aus«, sagte Magnus ungeduldig. »Ich muss unbedingt mit Imho reden. Wie lange dauert das Ganze denn noch?«

Schließlich war der offizielle Teil des Jubiläumsfestes vorüber. Der Rest des Tages würde mit Feiern, Musik und Tanz ausgefüllt sein. In dem großen Hof würden außerdem einige Darbietungen von Artisten und Musikern stattfinden. Doch als die Zuschauer schon zum Ausgang strömen wollten, geriet die Menge plötzlich ins Stocken. Der wiedergekrönte Pharao hatte unerwartet das Wort ergriffen. Seine Stimme war so laut, dass selbst die Zuschauer in den hintersten Reihen alles verstehen konnten.

»Ein paar Worte noch. Imhotep, mein Kanzler und Hohepriester, hat kürzlich beschlossen, mein Grabmal um zwei weitere Stufen zu erhöhen. Ich stimme diesem Vorschlag gerne zu. Imhoteps Beschlüsse sind weise. Die Götter sind mit ihm.« Er machte eine kurze Pause, während sein Blick über die Zuhörer glitt. »Und doch gibt es Unzufriedenheit im Volk. Böse Zungen behaupten, die Götter seien gegen den Weiterbau. Ein Nichtbeachten der Vorzeichen bringe Unglück über Ägypten.«

Gemurmel kam auf, aber Djoser gebot mit einer Handbewegung Ruhe.

»Ihr wisst, wie hart die Strafen der Götter sein können«, redete er weiter. »Als vor Jahren die Nilschwemme ausblieb, herrschte große Hungersnot im Land. Viele aus dem Volk werden sich sicher noch an jene Notzeiten erinnern. Die vergangenen Jahre waren jedoch fruchtbar und ertragreich. Es gibt kein Anzeichen, dass die Götter uns grollen. Und doch –«, er machte wieder eine kleine Pause, »sind in den letzten Tagen einige unerfreuliche Gerüchte aufgekommen.«

Mit einem Kopfnicken erteilte der Pharao Imhotep das Wort. Der Glatzköpfige trat vor. Seine Stirn glänzte vor Schweiß. Ohne

Umschweife kam er zur Sache. Anfangs wirkte er zerfahren und nervös, doch nach wenigen Sätzen fing er sich.

»Das Ritual schreibt vor, am heutigen Tag die Königsstatue zu enthüllen und an ihren zukünftigen Platz zu bringen. Ich habe auf diesen Teil der Zeremonie verzichtet, weil der Pharao nicht zufrieden mit seinem Abbild war.« Er warf dem König einen zögernden Blick zu. Dieser ermunterte ihn mit einem unmerklichen Blinzeln zum Weiterreden. »Mag sein, dass jetzt einige aus dem Volk denken, dies alles sei meine Schuld und mein Versäumnis.« Immanuel stockte. »Ich weiß sehr gut, dass die Stimmung gegen mich ist, weil ich das Grabmal ein letztes Mal erhöhen möchte.« Er hob die Faust zum Himmel. Seine Stimme wurde mit einem Mal laut und deutlich. »Aber die Götter sind mit mir. Sie wissen, dass ich etwas Unvergängliches schaffen werde. Mein Material ist weder Holz noch Lehm oder Schilf, sondern Stein – und so wird mein Bauwerk die Ewigkeit überdauern. Ich sage euch, ihr Untertanen von Ägypten, diese Pyramide wird noch in Jahrtausenden stehen.« Seine Augen leuchteten.

»Der ist größenwahnsinnig geworden«, brummte ein Ägypter neben Benjamin.

»Sei ruhig, Imhotep hat Recht«, widersprach ein anderer.

Imhotep fuhr in ruhigerem Tonfall fort: »Ich habe heute Morgen eine Botschaft bekommen.« Er räusperte sich. »Eine Botschaft, die angeblich von den Göttern stammt. Es ist eine Warnung. Sie lautet: EIN FÜRCHTERLICHES LOS WIRD DICH TREFFEN, WENN DU DAS BAUWERK ABERMALS ERHÖHST. DIE GÖTTER SIND DAGEGEN. ES WARNT DICH DER WÄCHTER DER PYRAMIDE.« Er machte eine Pause.

Benjamin und sein Onkel wechselten einen Blick. Was hatte all das zu bedeuten?

»Ich glaube nicht an eine Botschaft der Götter«, fuhr Immanuel fort. »Der Papyrus ist gefälscht! Aber ich nehme die Herausforderung des Wächters der Pyramide an – wer immer er auch sein mag! Ist er ein Geist oder ein Mensch? Ich habe keine Angst. Diese Nacht werde ich in der Pyramide verbringen. Die Götter mögen entscheiden. Wenn ich morgen noch lebe, dann wird die Pyramide nach meinen Plänen zu Ende gebaut. Bin ich aber tot«, sein Kopf drehte sich in die Richtung der Stufenpyramide, »so mag dieser Torso vierstufig stehen bleiben! – Das ist alles, was ich zu sagen habe.«

Tosender Beifall brach los. Imhoteps Mut und Aufrichtigkeit machten auf die Ägypter einen großen Eindruck und brachten dem Baumeister neue Sympathien ein.

»Er ist sehr, sehr klug«, murmelte der Mann, der Imhotep zuvor als »größenwahnsinnig« bezeichnet hatte. »Dieser Kerl hat es faustdick hinter den Ohren.«

Magnus aber schüttelte den Kopf. »Das gefällt mir nicht«, sagte er. »Ganz und gar nicht!«

Nächtliche Mutprobe

»Die Grabkammer ist ungefähr hier.« Mit der Fußspitze deutete Magnus Ambrosius auf die Mitte des Rechtecks, das er in den Sand gezeichnet hatte. »Archie dürfte keine Schwierigkeiten haben, den Hohlraum ausfindig zu machen.«

»Und wenn die Kammer zu eng für die Zeitmaschine ist?«, warf Melanie ein.

Der Professor rieb sich das Kinn und sah Melanie, Thomas und Benjamin nacheinander an. »Tja, dann wird die Zeitmaschine eben ein bisschen zusammengequetscht.« Er demonstrierte es mit den Händen.

Dann ließ er sich mit einem Seufzer neben Melanie in den Sand fallen. »Habt ihr eine bessere Idee? Ihr habt doch immer so verrückte Einfälle! Verratet mir, wie ich Immanuel vor der wahnsinnigen Mutprobe rette und in die Zeitmaschine verfrachte! ›Ab nach Hause, alter Freund!‹, werde ich zu ihm sagen. ›Du hast genug Durcheinander angestellt!‹«

Major kroch zu ihm hin und Magnus streichelte geistesabwesend den Hund.

»Noch mal alles von vorne«, sagte Thomas. »Ihr glaubt also wirklich, der Wächter der Pyramide und der Künstler, der Djosers Statue angefertigt hat, sind ein und dieselbe Person?«

»Klar.« Benjamin war überzeugt. »Natürlich war der Kerl erst einmal total vor den Kopf gestoßen, als seine Statue verschmiert war. Wir haben ihm seinen schönen Mordplan kaputtgemacht. Doch nachdem der erste Schock vorbei war, hat er sich was Neues einfallen lassen. Unabsichtlich haben wir ihn dazu wohl angeregt. ›Ha‹, wird er sich gedacht haben, ›ich weiß zwar nicht, welche Dämonen meine Figur angemalt haben, aber *Dämonen*, das ist es! Dem Imhotep werde ich einen Denkzettel verpassen, den er nie mehr vergisst!‹ Dann hat er den ›Wächter der Pyramide‹ erfunden und seine Botschaft auf den Papyrus gepinselt. Und heute Nacht hat er vor, Imhotep abzumurksen oder wenigstens ordentlich zu vermöbeln, wobei das Erste wahrscheinlicher ist.«

»Das fürchte ich auch«, sagte Magnus. »Hätte Immanuel die Zeitmaschine nur nicht auf eigene Faust benutzt!« Plötzlich kam ihm ein Gedanke und er machte ein verwundertes Gesicht. »Wie konnte es ihm eigentlich gelingen, in so kurzer Zeit zu einer derart angesehenen Stellung zu kommen? Er ist der wichtigste Mann nach dem König! Das schafft man nicht in ein oder zwei Monaten! Außerdem – angeblich dauert diese Bauerei schon etliche Jahre …«

»Stimmt«, gab Benjamin zu. »Er muss schon länger hier sein.«

»Dann hat Archie gelogen«, stellte der Professor fest. »Dieses Miststück! So ein Verräter! Computer, die lügen und schummeln, sollte man auf dem nächsten Schrottplatz abladen!«

Er beruhigte sich wieder. »Das bringt uns auch nicht weiter. Was können wir nur tun? Wenn Immanuel tatsächlich entschlossen ist, die Nacht in der Pyramide zu verbringen, dann ist er in höchster Gefahr.«

»Ihre Idee war doch gar nicht so schlecht«, sagte Thomas. »Wenn die Grabkammer groß genug ist, können wir mit der Zeitmaschine dort landen, Immanuel abpassen und nach Hause transportieren.«

»Theoretisch ja.« Magnus starrte vor sich hin. »Ich frage mich allerdings, welche Folgen Immanuels Verschwinden dann hier in dieser Epoche haben wird.«

»Das ist doch ganz einfach«, erwiderte Benjamin. »Man wird denken, dass der Wächter der Pyramide Immanuel geholt hat. Die Götter haben ihn zu sich genommen. Husch – weg ist er! Der Mörder guckt zwar dumm aus der Wäsche, wenn sein Opfer auf einmal wie vom Erdboden verschluckt ist und er ihn gar nicht ermorden kann. Aber das ist dann sein Problem!«

Magnus stand auf und ging unruhig hin und her. »Man kann es drehen, wie man will: Wir mischen uns ein! Wir stellen geschichtliche Ereignisse auf den Kopf. Erst lassen wir zu, dass einer von uns in der Vergangenheit sesshaft wird und dann wird dieser Mensch auch noch berühmt. Was ist, wenn wir ihn jetzt ins einundzwanzigste Jahrhundert zurückbringen? Machen wir damit unseren ersten Fehler wieder gut oder begehen wir einen zweiten?«

Das war fast so eine knifflige Frage wie die, was zuerst da war: das Huhn oder das Ei. Über so etwas kann man stundenlang diskutieren – ohne die geringste Chance auf eine Antwort!

Uns war nur eines klar: Wenn wir heute Nacht nicht handelten, würde Immanuel morgen vielleicht nicht mehr leben. Das konnte Ma-

gnus nicht mit seinem Gewissen vereinbaren – Eingriff in die Geschichte hin, Vergangenheitsänderung her.

Wir berechneten noch einmal alles. Die Grabkammer musste eigentlich groß genug für die Zeitmaschine sein.

Archie hatte etwas gutzumachen. Diesmal hinderte ihn kein Eid auf sein Betriebssystem daran, uns dorthin zu bringen, wohin wir wollten!

Die Gestalt bewegte sich langsam über die Rampen der Stufenpyramide. Das Gewand flatterte sacht im Nachtwind. Es war eine besonders dunkle Nacht, denn der Himmel war bewölkt, was zu dieser Jahreszeit selten vorkam.

Imhotep hob den Kopf. Hinter den Dunstschleiern konnte man ganz schwach den Halbmond erahnen. Die Wolkenfetzen bildeten ein gespenstisches Muster. Für jeden anderen Ägypter wären die Zeichen am Himmel ein schlechtes Omen gewesen. Immanuel dagegen wusste zu viel über Wolkenbildung und Luftströmungen, obwohl diese Dinge ihm immer fremder vorkamen. Die Denkweise, die Kultur und der Glaube der Ägypter hatten längst auf ihn abgefärbt. Letzthin hatte sich Immanuel sogar dabei ertappt, wie er den Mond angebetet und den Mondgott Thoth angefleht hatte, seiner Frau bei der Geburt ihres dritten Kindes beizustehen.

Immanuel/Imhotep hatte die oberste Mauer erreicht. Von dort aus schaute er hinunter auf den riesigen Grabkomplex. Sein Werk! Er sah die Schatten der Umfassungsmauer, die Höfe mit den Götterkapellen, die ihm so vertraut waren wie sein eigenes Haus. Und doch schien es ihm in diesem Augenblick, als sei dieser Ort der einsamste auf der Erde.

Nichts regte sich. Alles war ruhig. Der kühle Nachtwind strich über Immanuels nackte Arme. Er fröstelte.

Nein, er hatte keine Furcht vor dem *Wächter der Pyramide* – wer immer das auch sein mochte. Immanuel hatte sich angewöhnt, seine Gedanken und Gefühle zu kontrollieren. Die ersten Monate waren am schlimmsten gewesen. Ständig hatten ihn Erinnerungen an sein altes Leben geplagt. Nachts hatte er nicht schlafen können, aus Angst, dass man ihn finden und wieder zurückbringen würde.

Mit der Zeit war er optimistischer geworden. Nach zwei Jahren war er überzeugt, dass man die Suche nach ihm aufgegeben hatte oder dass er seine Verfolger – vorausgesetzt, es hatte überhaupt welche gegeben – abgeschüttelt hatte. Die Träume aus seinem früheren Leben wurden seltener. Er begann, wie ein Ägypter zu fühlen und zu handeln. Die Sprache der Ägypter war ihm in Fleisch und Blut übergegangen. Das war nicht mehr die Wirkung von Magnus' genialen Sprachpillen! Er dachte und träumte sogar altägyptisch …

Dank seines Wissens war es ihm gelungen, eine Beamtenstellung am Königshof zu erlangen. Er hatte geheiratet und sich allmählich nach oben gearbeitet. Den Architektenwettbewerb hatte er ursprünglich als eine Art Spaß angesehen. Er hatte damals nur aus Jux mitgemacht. Dass der Pharao so begeistert von den Plänen war, überraschte Immanuel, aber brachte ihn auch gleichzeitig in Bedrängnis. Jetzt musste er für ihn tatsächlich ein ganz besonderes Grabmal errichten …

Natürlich hatte Immanuel als Archäologe eine Ahnung davon, wie die alten Ägypter ihre Pyramiden gebaut hatten. Aber Theorie und Praxis waren zwei ganz verschiedene Dinge und Immanuel hatte oft genug feststellen müssen, dass manche Sachen einfach nicht wunschgemäß klappten …

Doch er hatte die Schwierigkeiten gemeistert und war zu Ruhm und Ansehen gelangt. Davon hatte er in seinem alten Leben nur träumen können …

Immanuel liebte das Leben, das er jetzt führte. Sicher, er hatte einige Feinde und Neider, aber welcher Mensch konnte von sich behaupten, nur Freunde zu besitzen?

Vor drei Tagen dann dieser Schock! Die bemalte Statue! Man hatte Imhotep natürlich sofort verständigt, dass in der Steinmetzwerkstatt etwas Ungewöhnliches geschehen war. Pflichtbewusst war der Architekt dort in aller Frühe aufgetaucht, um die Angelegenheit zu prüfen. Doch es waren nicht die Schmierereien an sich, die ihn kreidebleich werden ließen. Es war die *Brille!* Niemand in ganz Ägypten trug eine Brille! Die armen Schlucker, die kurzsichtig waren, mussten die Hand eben ganz dicht vor die Augen führen, wenn sie Feinarbeiten erledigen wollten.

Die Brille konnte kein Zufall sein! Imhotep war der festen Überzeugung, dass Magnus seine Hand im Spiel haben musste. Wer war sonst dazu fähig, durch die Zeit zu reisen? Sein alter Schulfreund Magnus Ambrosius hatte ihn aufgespürt!

Diese Erkenntnis hatte Imhotep erschüttert und deprimiert. Sollte jetzt alles umsonst sein, was er sich aufgebaut hatte? Seit drei Nächten konnte er nicht mehr richtig schlafen. Wenn Magnus tatsächlich hier war, warum zeigte er sich dann nicht? Was sollte dieses Versteckspiel? Kam er in einer Verkleidung, plante er einen Trick? Wollte Magnus ihn überrumpeln und dann gewaltsam ins einundzwanzigste Jahrhundert zurückbringen?

Diese Ungewissheit setzte Imhotep von Stunde zu Stunde mehr zu. Tagsüber gelang es ihm, sein Gesicht zu wahren und seinen Pflichten nachzugehen. Er hatte sich gut unter Kontrolle und niemand merkte, wie bedrückt er war.

Aber nachts wälzte er sich unruhig auf seinem Lager von der einen auf die andere Seite. Sein Gedankenkarussell kreiste unablässig. Wenn er kurz einnickte, stöhnte er im Schlaf und redete in einer fremden Sprache, sodass seine Frau ihn besorgt wachrüttelte.

»Sind die Götter über dich gekommen? Was ist los mit dir? Was sind das für fremde Worte, die du eben gesagt hast?«

Immanuel war sich sofort bewusst, dass er deutsch gesprochen haben musste anstatt altägyptisch.

»Du hast dich sicher verhört, Chenut. Mit mir ist alles in Ordnung, mach dir keine Sorgen.«

Doch daraufhin wurde seine Frau wütend.

»Halt mich nicht für dumm, Imhotep. Ich merke sehr wohl, dass dich etwas bedrückt. Du bist anders geworden, so unkonzentriert. Wenn du heimkommst, fragst du nicht mehr nach den Kindern, sondern ziehst dich in eine Ecke zurück, um zu grübeln. Was macht dir solche Sorgen, mein lieber Gatte?«

Er hatte ihr nicht die Wahrheit sagen können, denn er hatte ihr nie von seiner Herkunft erzählt.

Genau wie die meisten anderen Menschen glaubte Chenut an seinen göttlichen Ursprung. Wahrscheinlich hielt sie insgeheim Ptah, den Stadtgott von Memphis, für seinen Vater und erklärte sich so sein plötzliches Auftauchen und seine wunderbaren Erfolge.

Also lächelte er sie an und log ihr ins Gesicht: »Ach, Chenut, du weißt doch, das Heb-Sed-Fest steht bevor. Ich bin einfach überarbeitet. Ich muss so viel organisieren, damit alles reibungslos klappt. Die Zeremonie ist für den Pharao sehr wichtig. Der König ist natürlich beunruhigt, ob die Götter ihm auch wirklich noch gewogen sind. Er weiß nicht, ob er den Lauf schaffen wird. Das alles bereitet mir Kopfzerbrechen, entschuldige bitte.«

Doch er war nicht sicher gewesen, ob Chenut ihm die Ausrede abgenommen hatte. Sie hatte ihn so eigenartig angesehen. Ob sie ahnte, dass möglicherweise eine Trennung für immer bevorstand?

Der Gedanke an eine Rückkehr war schlimmer als alles andere. Er wollte nicht mehr zurück, auf keinen Fall! Er wollte nie mehr dieser Hektik ausgesetzt sein, den beruflichen Enttäuschungen, den Niederlagen ... Er liebte seine Frau Chenut und seine Kinder, hier war sein Zuhause, hier gehörte er hin ...

Er würde alles daransetzen, eine Rückkehr zu verhindern. Magnus konnte ihn nicht zwingen. Und wenn er es gewaltsam versuchen würde, dann –

Imhotep stoppte den Gedanken.

Würde er es tatsächlich darauf ankommen lassen? Er oder Magnus? War das aus ihrer Freundschaft geworden?

Ihm war auf einmal jämmerlich zumute. Er fühlte sich elend.

Die ganze Tragik seines Schicksals, lauter unüberwindbare Probleme und alle Ängste der Welt schienen sich jetzt über ihm zusammenzuballen ...

Einsam stand Imhotep auf der Pyramide, die er noch bis vor kurzem für sein Lebenswerk gehalten hatte. Es kam sich so verlassen und hilflos vor wie schon lange nicht mehr.

Was war sein Ziel? Hatte er überhaupt noch richtige Freunde

oder war er inzwischen ein maßloser Egoist geworden, nur getrieben von seinem Ehrgeiz?

Da bewegte sich etwas am Fuß der Pyramide. Imhotep schnellte vor, um besser zu sehen. Doch er hatte einen Sekundenbruchteil zu langsam reagiert. Die Gestalt war im Schatten verschwunden.

Imhotep wartete. Sein Atem war das einzige Geräusch und er fühlte, wie sein Herz klopfte. Langsam ging er auf der Mauer entlang, ganz dicht an der Kante. Sonst hatte Imhotep nie Probleme damit gehabt, denn er war normalerweise schwindelfrei. Es machte ihm nichts aus, vierzig Meter in die Tiefe zu blicken. Und jetzt? Der Architekt versuchte, ruhig zu bleiben. Doch die Anspannung der letzten Tage war zu viel. Seine Füße wollten ihm nicht gehorchen. Es war, als würden Gewichte aus Blei an ihnen hängen. Sie würden ihn hinabziehen …

Zum ersten Mal in seinem Leben spürte er so etwas wie Höhenangst. Kalter Schweiß brach ihm aus. Eine dunkle Macht schien ihn in die Tiefe ziehen zu wollen …

Imhotep biss die Zähne zusammen und trat etwas vom Rand zurück. Ganz klar, seine Nerven spielten verrückt. Oder hatte man ihn am Ende tatsächlich verflucht?

Solche Dinge gehörten doch in den Bereich der Einbildung! Selbstsuggestion, wie man es im einundzwanzigsten Jahrhundert nannte …

Doch Imhotep hatte in den vergangenen Jahren so viel von Zauberei gehört und manche Dinge waren mit dem Verstand nicht zu erklären gewesen …

Nein, es war bloß die Angst! Imhotep konzentrierte sich. Die Stufenpyramide bestand aus Kalkstein. Sie war fest und stabil, und kein Stein würde sich ohne menschliches Zutun aus seiner Verankerung lösen. Imhotep war gesund und fühlte sich noch jung, er war gelenkig und konnte gut klettern. Wenn er sich vorsah, würde er nicht von der Pyramide stürzen. Diese Nacht nicht und niemals sonst ...

»Ich will und werde diese Nacht überleben«, sagte Imhotep grimmig. »Die Stufenpyramide wird zu Ende gebaut. Niemand soll mich daran hindern.«

Ein Geräusch in der Nähe ließ ihn zusammenfahren. Es klang wie ein Kratzen auf Stein. Imhotep lauschte angespannt. Da! Wieder ertönte das seltsame Scharren. Diesmal konnte Imhotep die Richtung ausmachen. Das Geräusch kam von hinten, aus der Mitte der Pyramide!

Imhoteps Herzschlag stockte. Wer konnte dort sein? Durch einen schmalen Schacht gelangte man in die Tiefe zur Grabkammer. Es gab noch einen zweiten geheimen Zugang, aber dieser war so verbarrikadiert, dass niemand eindringen konnte.

Das Geräusch wurde lauter.

Wer oder was war in dem Loch? Niemand war von außen über die Pyramide gekommen und hinabgestiegen! Für die Arbeiter war das Betreten des Schachtes strengstens verboten. Es durften nur einige wenige Auserwählte in die Grabkammer, um die Arbeiten an den Wänden zu beenden.

Hatte sich trotzdem jemand unbemerkt eingeschlichen, vielleicht schon tagsüber, während das Heb-Sed-Fest stattgefunden hatte? Lauerte ein Feind im Innern der Pyramide, um Imhotep in dieser Nacht zu erwürgen? Oder war es – der Architekt wagte nicht, den Gedanken zu Ende zu denken – ein Wesen übernatürlichen Ursprungs, ein Dämon aus dem Schattenreich? War es der *Wächter der Pyramide?*

Ein unaussprechliches Grauen erfasste Imhotep. Er begann am ganzen Leib zu zittern. Mit menschlichen Gegnern konnte er fertig werden, aber den Mächten der Unterwelt war er hilflos ausgeliefert. Es half gar nicht, in diesem Moment an seine Vernunft zu appellieren! Sein Verstand ließ ihn einfach im Stich.

In dem Loch erschien ein Kopf. Imhotep wich unwillkürlich zurück. Hatte dieses Wesen menschliche Züge?

Jetzt tasteten die Finger über den Rand. Die Hände suchten nach Halt. Dann schob sich eine Gestalt aus dem Schacht und richtete sich zur vollen Größe auf.

»Endlich habe ich dich gefunden, Imho.«

»Wwwwas willst du von mir?«, fragte Imhotep, der das Zittern in seiner Stimme nicht unterdrücken konnte.

Wer war der Fremde? Würde er von Imhotep Rechenschaft über all seine Taten fordern?

»Ich will dich warnen. Du sollst heute Nacht getötet werden.«

Die Stimme des Fremden kam Imhotep bekannt vor.

»Wer bist du?«

»Erkennst du mich wirklich nicht mehr?«

Es war Magnus Ambrosius. Er hatte es geahnt!

»Ich gehe nicht mit dir«, sagte Imhotep sofort. »Mein Zuhause ist hier.« Jetzt, da er wusste, wen er vor sich hatte, kehrten Kaltblütigkeit und Ruhe zurück.

»Du bist in einem ganz anderen Jahrhundert geboren! Du gehörst nicht ins alte Ägypten!«

»Ich bin in dieser Epoche verwurzelt«, widersprach Imhotep.

»Im einundzwanzigsten Jahrhundert habe ich nichts mehr verloren. Es gibt nichts, was mich dorthin zurückzieht.«

Magnus Ambrosius schwieg einige Sekunden lang. Er hatte mit einer ähnlichen Antwort gerechnet. Trotzdem musste er alles versuchen, um Immanuel zur Rückkehr zu bewegen.

»Du kannst nicht hier bleiben. Du hast das Wissen eines Menschen des einundzwanzigsten Jahrhunderts. Du veränderst diese Zeit!«

»Wer verändert seine Zeit nicht?«, gab Imhotep schlagfertig zurück. »Jeder einflussreiche Mensch verändert seine Zeit, so oder so. Das müsstest du eigentlich am besten wissen.«

Diesem Argument konnte Magnus nichts entgegensetzen. Immanuel war bei Diskussionen schon immer gut gewesen. Vielleicht war das einer der Gründe, weswegen er sich zu einer solchen Position hatte aufschwingen können.

»Du willst also wirklich nicht zurückkehren?«

»Nein und nochmals nein! Ich werde hier bleiben, selbst wenn du dich als *Wächter der Pyramide* aufspielst und mir damit Angst machen willst …«

»Da irrst du dich, Imho. Ich hab mich nicht als *Wächter der Pyramide* ausgegeben und will dir auch nicht drohen«, sagte Magnus. »Im Gegenteil. Wir haben bereits einen Anschlag auf dich verhindert. Beim Heb-Sed-Fest sollte nämlich die Statue König Djosers auf dich fallen.«

»Jetzt erwartest du natürlich, dass ich aus Dankbarkeit in die Zeitmaschine steige und mit dir zurückfahre?«, fragte Imhotep gereizt.

»Ich erwarte keine Dankbarkeit dafür. Als wir den Mordplan

vereitelt haben, wussten wir noch gar nicht, dass du mit Imhotep identisch bist.«

Der Prof hatte nur die Wahrheit gesagt. Trotzdem regte sich Immanuel immer mehr auf. Egal, welchen Grund Magnus auch anführte, Imho schaltete auf stur. Total.

Wir hörten an ihren lauten Stimmen, wie sich die beiden in die Wolle kriegten.

Melanie, Thomas und ich warteten unten in der Grabkammer auf eine Entscheidung. Es machte uns nervös, dass so lange nichts geschah.

»Ich geh rauf«, entschied Thomas schließlich. »Immanuel ist unberechenbar. Wer weiß, was ihm einfällt.«

Melanie, die selbst ernannte Expertin für tierisches und menschliches Verhalten, nickte. »Wir hätten ihn gar nicht allein rauflassen sollen.«

Da wurde mir schon ein bisschen schwummerig. Meinten die beiden tatsächlich, dass Imho den Prof angreifen würde? Sie waren doch einmal Freunde!

Thomas kletterte schon hoch. Melanie folgte.

»Ich komme mit«, entschied ich.

Vielleicht war das ein Fehler …

Die Entscheidung

Imhotep witterte ein Komplott. Er trat einen Schritt zurück.

»Vier gegen einen. Das ist unfair«, murmelte er.

»Du redest von Fairness?«, rief Magnus empört. »Und wer hat mich betrunken gemacht und mir die Fernbedienung gestohlen? War das etwa fair?«

Imhotep hatte Mühe, sich an das Ereignis zu erinnern, denn für ihn lag die Episode schon Jahre zurück.

»Komm schon.« Benjamin stieß Thomas an. »Wir schnappen ihn uns einfach!«

»Nein, das werdet ihr nicht tun«, sagte Imhotep.

Die Situation war brenzlig. Vier Personen, die entschlossen waren, ihn ins einundzwanzigste Jahrhundert zurückzubringen! Das machten seine Nerven nicht mehr mit. Er drehte sich um und ergriff die Flucht. Sofort nahmen Thomas und Benjamin die Verfolgung auf. Auch Magnus und Melanie rannten hinterher. Doch Imhotep hatte den Vorteil, dass er sich auskannte. Selbst im Dunkeln fand er sich zurecht. Er wusste genau, wo die Rampen lagen, tausendmal war er sie tagsüber hinauf- und hinabgelaufen.

»Mist«, schimpfte Magnus. Keuchend blieb er stehen. Ihm war klar, dass sie kaum eine Chance hatten. Die Gestalt war bereits von der Plattform verschwunden und nicht mehr zu sehen. »Den kriegen wir nicht! Er entwischt uns wieder!«

Laut brüllte er: »Nimm endlich Vernunft an, Immanuel!«

Natürlich reagierte Imhotep nicht auf sein Rufen.

Thomas war am dichtesten hinter ihm. Die Augen des Jungen hatten sich inzwischen an die Dunkelheit gewöhnt, aber bis er sich auf den Rampen zurechtgefunden hatte, verlor er etliche Sekunden. Imhoteps Vorsprung wurde immer größer.

Thomas versuchte, die Gedanken des Flüchtenden vorauszusehen. Welche Richtung würde er einschlagen, wenn er unten war? Sicher gab es in dieser Grabanlage tausend Verstecke!

Schade, dass Major in der Zeitmaschine geblieben war. Aber es war unmöglich gewesen, mit dem Tier den Schacht hinaufzuklettern.

Der Junge rannte weiter. Auf den schrägen Rampen bekam er gewaltigen Schwung. Seine Beine schienen sich selbstständig zu machen, sie flogen förmlich über die Bretter.

»Vielleicht erwische ich ihn doch noch«, schoss es Thomas durch den Kopf.

Die anderen waren weit hinter ihm zurück.

Als Thomas ein waagrechtes Stück entlangrannte, sah er Imhotep um die Ecke biegen. Thomas versuchte, die Entfernung zu schätzen. Imhotep hatte fünfzig, höchstens sechzig Meter Vorsprung. Das müsste doch zu schaffen sein!

Aber was war das?

Imhotep kam zurück. Er jagte jetzt in die entgegengesetzte

Richtung, direkt auf Thomas zu. Dieser bremste heftig, um einen Zusammenprall zu vermeiden. Schließlich befanden sie sich noch in einer Höhe von mehr als zwanzig Metern.

Gleich darauf verstand Thomas, warum Imhotep umgekehrt war. Eine zweite Gestalt hatte sich aus dem Schatten gelöst. Der Mörder! Jener Mann, der sich als *Wächter der Pyramide* bezeichnet hatte!

Imhotep stoppte kurz vor Thomas.

»Lass mich bloß in Ruhe! Das Ganze geht dich nichts an!« Sein Atem ging keuchend.

Dann wandte sich Imhotep um, entschlossen, sich seinem Verfolger zu stellen.

In diesem Moment schob sich eine Wolke vor den Mond. Alles war plötzlich stockfinster. Thomas krallte sich an die Steinmauer. Er konnte kaum noch etwas erkennen, aber die Geräusche verrieten, dass vor ihm eine Rauferei im Gange war.

»Du elender Betrüger! Du hast mein Leben ruiniert!«

»Abschaum Ägyptens! Ich werde dich lehren, mir hinterhältig aufzulauern! Wer hat dir erlaubt, die Pyramide zu betreten?«

»Du bestimmt nicht, du schmieriger Günstling des Königs! Schon seit Jahren wünsche ich dir den Tod! Heute Nacht bekommst du endlich, was du verdient hast!«

»Das werden wir ja sehen!«

Thomas tastete sich an der Mauer entlang und rutschte ab.

Die Rauferei stockte, aber nur für einen Moment.

»Wer ist das? Dein Helfer? Ich wusste, du bist zu feig, um allein zu kommen! Ha, Imhotep, du Memme von Ober- und Unterägypten!«

»Sag das noch mal!«

»Du elender Feigling!«

Plötzlich ertönte ein Schrei. Thomas nahm eine Bewegung wahr und sah, wie eine Gestalt über den Rand in die Tiefe stürzte.

Imhotep …

Der andere Mann kniete am Rampenrand.

Thomas zitterte. Er ergriff einen losen Steinbrocken, bestimmt fünf Kilo schwer. Seine Waffe. Damit würde er dem Mörder entgegentreten …

Der Kniende hatte das Geräusch gehört und wandte sich um. Er machte Anstalten aufzustehen.

»Keinen Schritt näher!«, sagte Thomas mit heiserer Stimme. Sein Herz klopfte bis zum Hals.

Der Mann erstarrte.

»Wenn Sie mich angreifen, schlage ich zu«, kündigte Thomas an. »Hinter mir kommen meine Freunde. Geben Sie auf, Sie haben keine Chance!« Er hoffte, dass sein Tonfall überzeugend klang.

»Ich tue dir nichts«, sagte der Mann.

Thomas ließ vor Überraschung den Steinbrocken sinken. Es war Immanuels Stimme.

»Hast du ihn gekannt?«, fragte Magnus Ambrosius leise. Die Stimmung war sehr gedrückt. Melanie sagte keinen Ton. Benjamin ging zum Rand und spähte hinunter, aber es war unmöglich, etwas zu sehen.

»So einen Sturz überlebt keiner«, meinte Thomas gepresst.

Immanuel stand reglos da, noch völlig schockiert von dem, was gerade geschehen war. »Pepi war ein alter Rivale. Ich wusste, dass er mich hasste. Aber ich hätte ihm nie zugetraut, dass er den Mut hat, mich zu töten.«

»Willst du jetzt vielleicht doch nach Hause kommen?«, fragte Professor Ambrosius leise.

»Nein, Magnus. Mein Platz ist hier, in diesem Jahrhundert. Man wird mich wegen Pepis Tod zur Rechenschaft ziehen, aber es war Notwehr. Er war derjenige, der mich zuerst angegriffen hat. Er hat auch die Botschaft verfasst. Pepi war ein fähiger Kopf, ein Künstler.«

»Bist du dir wirklich sicher?«, fragte Magnus noch einmal nach. »Wenn du jetzt nicht mit uns zurückkehrst, wird es für dich keine Rückkehr mehr geben. Nie mehr.«

Doch Immanuel änderte seine Entscheidung nicht.

»Auf mich warten hier noch eine Menge Aufgaben. Und vergiss nicht, ich habe hier eine Frau und drei Kinder. Im einundzwanzigsten Jahrhundert habe ich niemanden. Keiner wird mich vermissen, Magnus.«

Magnus dachte kurz an Immanuels Exfrau und an seine Tochter. Aber wenn die beiden für seinen Freund keine Rolle mehr spielten, dann war es auch nicht Magnus' Aufgabe, ihn an sie zu erinnern.

»Ich bin glücklich«, sagte Immanuel. Er schluckte. »Vielleicht hört es sich für euch seltsam an, gerade jetzt … Aber es ist meine Berufung, hier zu sein. Ich tue das, was ich immer tun wollte.«

»Pyramiden bauen«, sagte Benjamin.

Immanuel nickte.

»Und warum nennen Sie sich Imhotep?«, fragte Thomas.

»Imho war schon in der Schule sein Spitzname«, sagte Magnus.

»Zusammengezogen aus den ersten Silben seiner Namen: Immanuel Hoffmann. Imho war ein berühmter alter Ägypter und weil Immanuel schon immer ein Faible für Ägypten hatte, hat er irgendwann selber diesen Spitznamen bekommen.«

Immanuel lachte leise. »Dieser berühmte alte Ägypter, den du eben erwähnt hast, hieß nicht Imho, sondern Imhotep.«

»Wie?« Magnus war verblüfft. »Aber wie kann das sein? Ist das ein häufiger Name bei den Ägyptern? So wie bei uns Benjamin oder Melanie oder Thomas?«

»Vielleicht.« Immanuel zuckte mit den Achseln. »Ich habe hier allerdings noch nie jemanden getroffen, der so heißt. Jener Imhotep, den ich früher so sehr bewunderte, hat übrigens noch mehr mit mir gemeinsam: Er hat die erste Pyramide gebaut.«

Magnus zuckte zusammen. »Aber das kann nicht sein. Die Pyramiden waren schon erfunden, bevor wir nach Ägypten gefahren sind. Du kannst unmöglich jener Imhotep sein, denn das würde ja bedeuten, dass du schon da warst, bevor wir überhaupt hergefahren sind ...« Er griff sich an den Kopf und stöhnte.

»Verstehst du nun, warum ich nicht zurückkehren kann?«, fragte Immanuel.

»Ich verstehe gar nichts.« Magnus war noch immer verwirrt. »Mein Gehirn ist ein einziger Knoten. Total verschlungen und verstrickt! Die Sache ist mir ein Rätsel. – Halt!« Sein Zeigefinger schnellte empor. »Knoten! Schleife! Zeitknoten! Zeitschleifen! Gibt es mehrere Zeiten nebeneinander? Paralleluniversen? Kann ich mit meiner Zeitmaschine die Vergangenheit überhaupt ändern? Ist alles festgelegt? Gibt es das Schicksal? Gibt es Seelenwanderung? Fragen über Fragen ...«

»Das ist mir zu hoch«, beschwerte sich Melanie.

»Mir auch«, murmelte Benjamin.

»Irgendwann werde ich dieses Rätsel lösen«, sagte Magnus gedankenverloren. »Vielleicht ist die Zeit eine Kugel – genau wie die Erde – und kommt ab und zu an bestimmten Stellen vorbei … Diese Theorie eröffnet möglicherweise völlig neue Perspektiven … He, Immanuel, wohin willst du?«

Imhotep deutete nach Osten. »Siehst du nicht? Die Sonne geht in Kürze auf! Re zieht mit seinem goldenen Schiff über den Himmel. Meine Pflichten als Priester rufen mich.« Er hob zum Abschied die Hand. »Lebt wohl. Wir werden uns in diesem Leben vermutlich nicht wiedersehen.«

Und dann war er fort.

Ich hab noch immer nicht ganz kapiert, warum Immanuel zu Imhotep geworden ist. Oder besser, wie er zu Imhotep werden konnte. Aber dass er zu Imhotep geworden ist, daran bestand gar kein Zweifel.

Nach diesem aufregenden Abenteuer brachte uns Archie sicher nach Hause. Wohlbehalten landeten wir in der Tropfsteinhöhle. Seit unserer Abreise waren erst wenige Minuten vergangen. Unsere Kleider lagen noch immer dort, wo wir sie hingelegt hatten.

Wir verwandelten uns wieder in Menschen des einundzwanzigsten Jahrhunderts. Keiner von uns sagte viel, jeder war mit seinen eigenen Gedanken beschäftigt.

Der Prof hielt Immanuels Klamotten hoch.

»Und was machen wir damit?«

Wir hatten ein Problem. Vielleicht würde Immanuel doch irgendwann als vermisst gemeldet werden. Dann würde die Polizei Nachfor-

schungen anstellen, und wenn wir Pech hatten, würden die Beamten eines Tages vor der Haustür meines Onkels stehen.

Wenn wir der Polizei dann sagten, dass Immanuel im alten Ägypten geblieben war, würden sie uns sicher gleich verhaften und mitnehmen.

Selbst Magnus geriet ins Schwitzen.

»Die Polizei wird mich für einen heimtückischen Mörder halten, selbst wenn ihr für mich als Zeugen aussagt. Was mache ich nur?«

Ihm fiel ein, dass Immanuels Auto ja noch immer vor unserer Tür stand. Jeder konnte es sehen. Und man brauchte nur die Autonummer, um den Besitzer zu ermitteln …

»Das Auto muss schleunigst verschwinden«, meinte Magnus. »Möglichst sofort und so, dass es die Polizei nicht findet! – Du liebe Zeit, ich komme mir wirklich vor wie ein Meuchelmörder, der alle Spuren seiner Schandtat verwischen muss!«

»Wir übergießen das Auto mit Benzin, zünden es an und stürzen es in den Steinbruch«, schlug ich vor, aber keiner fand meine Idee besonders gut.

»Auffälliger geht's nicht mehr«, sagte der Prof und damit hatte er irgendwie Recht. Dann hatte er plötzlich einen genialen Einfall. »Schicken wir das Auto und alles, was Immanuel gehört, doch in die fünfte Dimension!«

»In die fünfte Dimension?«, fragte Thomas skeptisch. »Wie wollen Sie das hinkriegen?«

»Ich werde ein entsprechendes Zeitfeld schaffen, den Rest erledigt dann Archie für mich«, sagte Magnus. »Es widerstrebt mir zwar, die fünfte Dimension als Schrottplatz zu benutzen, aber es ist zweifellos die schnellste und beste Lösung.«

Viel Zeit zum Handeln hatten wir nicht, denn je länger das Auto vor unserer Tür stand, desto auffälliger war es.

Werthausen hat nur fünfzehnhundert Einwohner und davon sind ungefähr vierzehnhundertachtundneunzig klatschsüchtig!

Wir erledigten das mit dem Auto noch am selben Abend. Nachdem es endlich dunkel geworden war – die Dämmerung dauert bei uns viel länger als in Ägypten –, fuhr Magnus mit dem Wagen über den Feldweg. Wir ließen das Auto in den Steinbruch hinabrollen, verstauten darin Immanuels Klamotten und dann brachte der Prof seine tausend Apparaturen an.

Es war beeindruckend, wie der Wagen vor unseren Augen verschwand. Er flimmerte genauso wie die Zeitmaschine, dann war er einfach weg.

Hoffentlich für immer.

Es war stockfinstere Nacht, als wir nach Hause gingen – vier verschworene Zeitreisende und ein Hund. Wir hatten ein schlechtes Gewissen, als hätten wir gerade eine Leiche beseitigen müssen.

Kurz vor der Haustür piepste Melanies Handy. Wir zuckten zusammen.

Es war nur eine SMS von ihrer Mutter aus Afrika.

»Schätzchen«, *schrieb sie,* »hoffentlich langweilst du dich nicht allzu sehr …«

KLEINES SACH- UND PERSONENLEXIKON:

Altes Reich:

(ca. 2800–2100 v. Chr.): Es umfasst die dritte bis achte Dynastie. In der vierten Dynastie erreichte der Pyramidenbau seine Blütezeit (die großen Pyramiden bei Gizeh wurden zu dieser Zeit errichtet). In der fünften und sechsten Dynastie begann die Macht der Könige zu schwinden. Schließlich zerfiel das Alte Reich und die so genannte Zwischenzeit (siebte bis zwölfte Dynastie), über die sehr wenig bekannt ist, begann.

Archäologe:

Altertumsforscher

Cheops:

Pharao der vierten Dynastie (um 2500 v. Chr.). Seine Pyramide ist die größte. Sie ist 137 Meter hoch und hat eine Seitenlänge von 227 Metern.

Djoser:

König der dritten Dynastie (2640–2575 v. Chr.)

Dynastie:

Herrschergeschlecht

Heb-Sed-Fest:

Jubiläumsfest nach 30-jähriger Regierungszeit. Dabei musste der König beweisen, dass er »jung geblieben« war, um sein Volk weiter zu regieren. Deswegen musste er einen Rituallauf zurücklegen. Danach wurde er ein zweites Mal zum König gekrönt. – Es wird angenommen, dass man in der ägyptischen Vorzeit die Könige, die bei dem Lauf versagten, umgebracht hat. Später hatte der Lauf dann nur noch eine symbolische Bedeutung.

Hieroglyphen:

Ägyptische Bilderschrift

Ibis:

Storchähnlicher Vogel. Bestimmte Arten galten im alten Ägypten als heilig.

Imhotep:

Architekt, Arzt und Priester, der zur Zeit von König Djoser lebte. Imhotep gilt als erstes »Genie« der Geschichte und als »Erfinder« der Pyramiden. Die alten Ägypter verehrten Imhotep sogar als Gott. Imhoteps wesentliche Neuerung war, dass er den Steinbau in Ägypten einführte. Vorher waren die Bauwerke meistens aus Schilf, Holz oder Lehmziegeln. Die erste Pyramide bei Sakkara ist längst nicht so perfekt wie die späteren. Sie hat noch keinen quadratischen Grundriss. Außerdem hat sie sechs Stufen. Ihre Höhe beträgt etwa 60 Meter.

Kanopen:

Urnen für die inneren Organe, die bei der Einbalsamierung entfernt wurden. Es sind immer vier Krüge: je einer für die Leber, die Lunge, den Magen und die Eingeweide. Die Deckel sind mit Götterköpfen verziert: Amset (menschenköpfig), Hapi (pavianköpfig), Duatmufed (schakalköpfig) und Kebehsenuf (falkenköpfig).

Kemi:

»Schwarzes Land« – alte Bezeichnung für Ägypten

Memphis:

Hauptstadt im alten Ägypten. Die Stadt lag an der Grenze von Ober- und Unterägypten und wurde deshalb gern als Regierungssitz der Pharaonen benutzt. Heute ist von Memphis kaum noch etwas übrig; nur die Totenstadt, das westlich von Memphis gelegene Sakkara, bietet einen schwachen Abglanz davon, wie schön und prächtig die Stadt einst gewesen sein muss.

Mittleres Reich:

(1990–1650 v. Chr.): zwölfte bis vierzehnte Dynastie. In dieser Zeit erreichte die Bildhauerkunst ihren Höhepunkt; auch viele schöne Schmuckstücke wurden geschaffen. Es entstand auch die Erzählung »Sinuhe«, einer der ältesten Romane. Nach dem Mittleren Reich folgte die zweite Zwischenzeit, über die man ebenfalls sehr wenig weiß.

Mumie:

Leichnam, der nach einem speziellen Verfahren einbalsamiert wurde, um »haltbar« gemacht zu werden.

Mumifizierung:

Kompliziertes Verfahren, um den Körper eines Toten möglichst zu erhalten. Zuerst wurden die inneren Organe, die Eingeweide und – mittels eines Hakens, den man durch die Nase stieß – auch das Gehirn entfernt. Der Körper wurde dann mit Natron behandelt, um ihm das Wasser zu entziehen. Diese »Austrocknung« dauerte mehrere Wochen. Danach wurde der Körper ausgestopft, um die »Form« zu bewahren, mit Ölen und Harzen eingerieben und zum Schluss mit Leinenbinden umwickelt. Manchmal reichte allerdings schon die heiße Sonne aus, um einen Körper zu mumifizieren.

Neues Reich:

(ca. 1550–1080 v. Chr.): achtzehnte bis zwanzigste Dynastie. Im Neuen Reich gelangte Ägypten noch einmal zu einer Blütezeit. Während dieser Zeit wurden großartige Tempel gebaut.

Papyrus:

Pflanze, deren Stängel einen dreieckigen Querschnitt aufweist. Sie wuchs an den Ufern des Nils und konnte bis zu sechs Meter hoch werden. Heute findet man Papyrus nur noch im botanischen Garten von Kairo. Die alten Ägypter gewannen aus dem Papyrus-Mark eine Art Papier – ebenfalls Papyrus genannt. Wissenschaftlern ist es gelungen, die alten Papyri zu entziffern. Sie enthalten wichtige Hinweise, wie die Ägypter früher gelebt haben. Man findet darauf sogar Berichte über Grabräuberprozesse.

Pharao:

Bezeichnung für einen ägyptischen König. Die Zeichen seiner Königswürde sind:
- Doppelkrone (für die Macht über Ober- und Unterägypten)
- Zepter
- künstlicher Bart

Priester:

Im alten Ägypten waren Priester nicht nur Diener des Tempels, sondern gleichzeitig Staatsbeamte.

Ptah:

Stadtgott von Memphis. Er galt als Beschützer aller Künstler.

Pyramide:

Alle Pyramiden in Ägypten sind Gräber von Königen oder Königinnen. Früher wurden die Könige, genau wie andere Würdenträger, in einfachen Mastabas (das sind rechteckige Gräber) bestattet. Diese Gräber bekamen mit der Zeit ein flaches Dach, das aus Ziegelsteinen bestand und nicht sehr haltbar war. König

Djoser führte den Brauch ein, dass nur Könige in Pyramiden, Beamte aber weiterhin in Mastabas bestattet werden. Sein Architekt Imhotep baute zum ersten Mal eine Pyramide. Während des Baus wurde noch herumprobiert, der ursprüngliche Plan wurde mehrfach geändert. Es entstand schließlich eine Pyramide mit sechs Stufen. Diese Grabform war für die nachfolgenden Könige richtungsweisend. Zunächst wurde die stufige Bauform beibehalten (von diesen Stufenpyramiden ist jedoch sehr wenig erhalten geblieben), dann entwickelte sich der Pyramidenbau weiter. Bis die Pyramiden jedoch ihre Perfektion erreichten, mussten etliche Schwierigkeiten überwunden werden. Die Pyramide von Meidum hatte beispielsweise einen zu steilen Neigungswinkel. Sie stürzte während des Baus ein und nur der innere Kern blieb stehen. Da zur gleichen Zeit die Pyramide bei Dahschur gebaut wurde und man den Fehler nicht wiederholen wollte, veränderte man während des Baus den Neigungswinkel. Es entstand die so genannte Knickpyramide. In der großartigen Cheopspyramide und der fast ebenso großen Pyramide von Chephren erreichte die Pyramidenbaukunst ihren Höhepunkt.

Re:

Sonnengott

Sakkara:

»Friedhof« von Memphis, westlich der Stadt gelegen. Das bedeutendste und auffallendste Bauwerk von Sakkara ist die Stufenpyramide von König Djoser. Auch heute noch ist das Gebiet für Touristen und Archäologen sehr interessant. Man hat dort

Gräber mit wunderbaren Malereien und Reliefs gefunden, außerdem ein Gewölbe mit über zwei Millionen (!) mumifizierten Vögeln. Sehenswert ist außerdem noch das so genannte Stierheiligtum, das »Serapeum«, in dem in der Spätzeit Ägyptens heilige mumifizierte Stiere beigesetzt worden sind.

Sarkophag:

Sarg aus Stein oder Holz

Skarabäus:

Schwarzer Käfer, ein so genannter Pillendreher. Er galt bei den alten Ägyptern als heilig.

Sykomore:

Maulbeerfeigenbaum, der bis zu 15 Meter hoch werden kann. Die Früchte sind essbar. Sein Holz ist sehr fest und verrottet fast nicht. Deswegen fertigten die alten Ägypter daraus auch Sarkophage an.

Enid Blyton

Der Berg der Abenteuer

Bearbeitete Neuausgabe

Endlich Ferien! Jack, Lucy, Philip und Dina verbringen sie in den walisischen Bergen. Während einer Bergtour verirren sich die Kinder und landen mitten im nächsten Abenteuer! Die vier Freunde müssen all ihren Mut zusammennehmen, um hinter das Geheimnis des Berges zu kommen.

KLOPP

Enid Blyton

Die Insel der Abenteuer

Bearbeitete Neuausgabe

Philip, Dina,
Jack, Lucy und der
schwatzhafte Papagei
Kiki genießen den
gemeinsamen
Urlaub am Meer.
Aber etwas Unheim-
liches spielt sich auf
der Toteninsel
vor der Küste ab ...

KLOPP

Enid Blyton

Geheimnis
um ein verborgenes Zimmer

Bearbeitete Neuausgabe

In einem verlassenen Haus entdecken die Spürnasen ein gemütlich eingerichtetes Zimmer. Wirklich sehr verdächtig! Das wollen sich die Freunde genauer ansehen. Und stolpern mitten in einen neuen Fall.

KLOPP

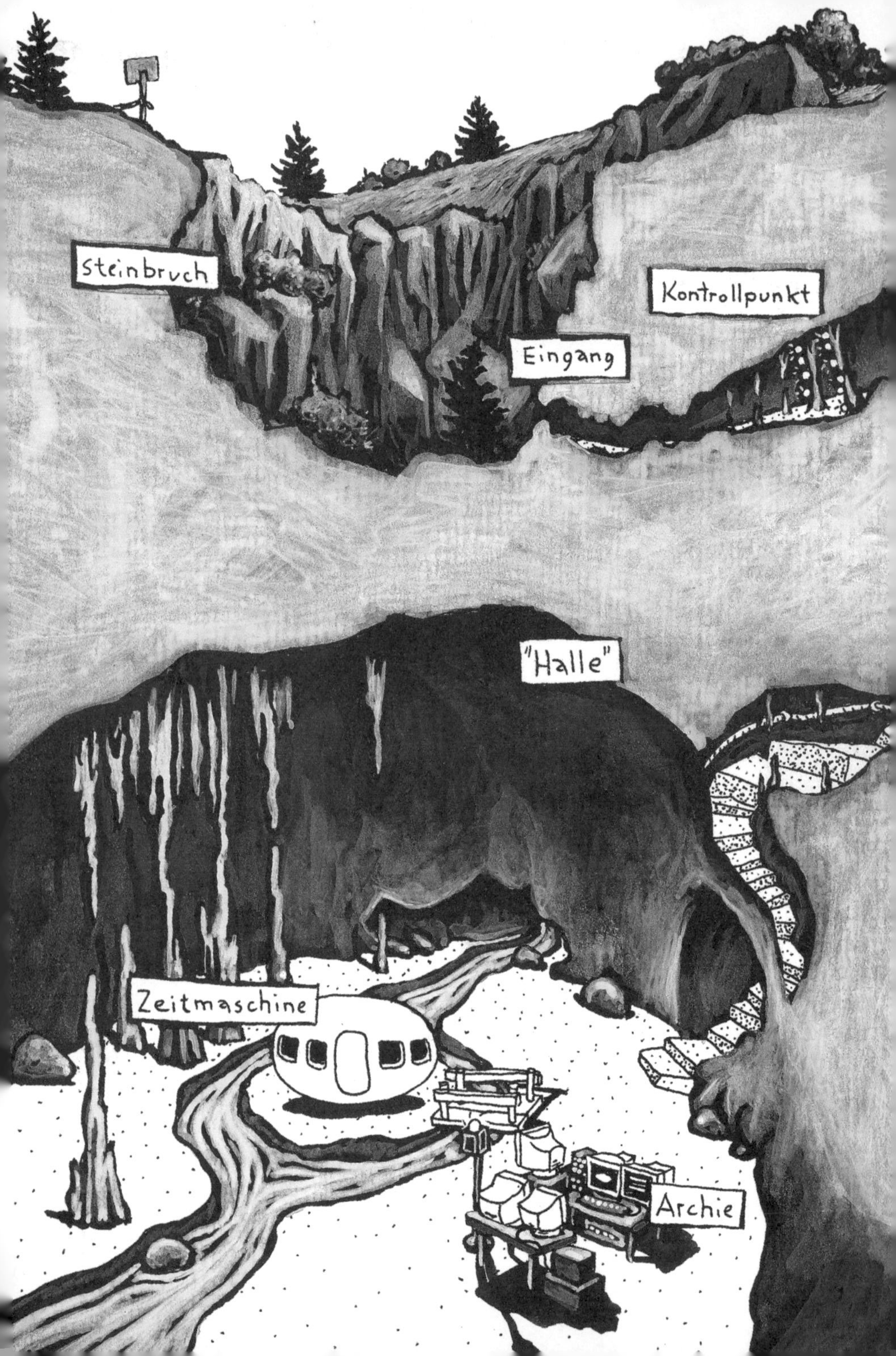
Steinbruch
Kontrollpunkt
Eingang
"Halle"
Zeitmaschine
Archie